현대시의 감각으로 풀이한

김삿갓 시집

●金笠詩選集●

정민호 역저

明文堂

▌ 머리말

현대시의 감각으로 풀이한
『김삿갓 시집』을 엮으면서

    나는 고등학교 시절 '학강서당'에서 한문을 읽고 있었다. 누군가가 오일장이 서는 장판에 가서 괴상한 시집 한 권을 사가지고 왔다. 처음 듣는 김삿갓 시인이요, 시집 역시 '김립시집金笠詩集'이란 처음 보는 책을 가져왔기에 모두들 호기심을 갖고 읽어보았다. 그중에서도 스승이신 학강鶴岡 선생께서 내용을 살펴보시고 더욱 흥미를 가졌기에 우리 모두 책을 펼쳐놓고 그 시를 읽기 시작했다.

> 二十樹下三十客이 四十家中五十食이라.
> 이 십 수 하 삼 십 객 　 사 십 가 중 오 십 식
>
> 人間豈有七十事요 不如歸家三十食이라.
> 인 간 기 유 칠 십 사 　 불 여 귀 가 삼 십 식

    그때에 가장 흥미롭게 읽은 것이 이 '이십수하二十樹下'라는 작품이었다. 그 외에도 '죽시竹詩', '자탄自歎', '무제無題', '요강溺江' 이런 제목의 시들이 있었다.

그간 세월이 흘렀다. 나도 소위 문학을 한답시고 현대시를 공부하면서
도 이 김삿갓에 대해서는 까마득히 잊고 있었다. '학강서당'에서 그때 처
음 대하던 김삿갓 시의 작품에 대한 가치는 잊어버리고 있었다. 그런데 요
즈음에 와서 우연한 기회에 다시 김삿갓의 시를 대하게 되었다. 그래서 육
십여 년 전에 처음으로 대했던 김삿갓 작품을 읽으면서 새로운 감격으로
접하게 되었다. 그래서 가장 김삿갓다운 작품만을 골라 모아서 '김삿갓시
집〔金笠詩選集〕'을 엮게 되었다.

적어도 이런 시인 한 사람쯤은 우리 한국시 시사詩史에 그의 작품과 함
께 남을 만하다고 생각되어 그의 시를 즐겨 읽고 새로운 감각으로 풀이해
서 현대인에게 읽히고 싶은 생각에서 이 시집을 만들었다. 이 시집의 자료
를 찾아 헌책방을 헤매던 중, 명문당 김동구 사장님께서 이를 아시고 50,
60년대 발간된 김삿갓 시집 4종이나 구하여 주셔서 많은 도움이 되었음을
밝혀둔다. 많은 사람들의 호응 있으시길 기원하는 바이다.

2016(丙申)년 3월
어느 날 정민호 적다

차례

제2부 방랑자여, 그대 이름은 김삿갓

제3부 노스탤지어의 손수건

제4부 시도 인생도 영원한 떠돌이

김삿갓, 그의 시와 인간, 그리고 방랑
– 그 시적 인생에 대하여 –

1. 출생과 생애

김삿갓은 조선 후기 방랑시인으로 널리 알려진 사람이다. 본관은 안동, 경기도 양주 출생으로 조부 김익순이 홍경래 난 때 적에게 항복한 죄로 집안이 멸족되어 황해도로 도망가서 살다가 그다음에 집안이 멸족에서 폐족으로 사면되면서 강원도 영월로 옮겨 와서 살게 되었다.

그는 과거에 응시하여 장원은 하였으나 할아버지 김익순을 욕하는 글이 장원됨으로써 조상에 대한 죄를 지었다고 생각하고 머나먼 방랑의 길을 떠나게 되었다. 이것이 김삿갓이 방랑 시인이 된 이유였다. 그는 57세 때 전라남도 화순군 동복면에서 객사하게 되어 유해를 모셔다가 영월 땅에 장사지냈다.

그의 한시는 풍자와 해학, 그리고 위트와 비유로 많은 사람들의 사랑을 받았고, 지금도 그의 시가 수많은 사람들의 입에 회자膾炙되고 있다.

2. 욕설로 세상을 깨우치는 경세警世시인

ㄱ이 시는 해학과 풍자로 사람들에게 사랑을 받아왔다. 그 가운데도 그가 과객으로 떠돌면서 받은 천대와 멸시를 욕설로 지은 시가 세상을 깨우치는 중요한 작품으로 평가받고 있다. 이런 종류에 해당하는 작품들이 '二十樹下' '辱說,某書堂' '辱,孔氏家' '嘲,僧儒' '辱,祭家' 등이 그것이다. 그는 방랑생활을 하면서 남의 집에 문전걸식을 하면서도 그의 자존심만은 꺾이지 않았다. 그래서 조금이라도 그의 자존심을 건드리는 일이 있으면 여지없이 시를 써서 붙이고 지나갔었다.

한 번은 어느 서당을 지나갔는데 그 서당에서 김삿갓에게 푸대접을 했던 모양이었다. 그래서 그는 거침없이 시를 써서 붙여두고 지나갔다.

書堂乃早知요 房中皆尊物이라.
서 당 내 조 지　　방 중 개 존 물

生徒諸未十이요 先生乃不謁이라.
생 도 제 미 십　　선 생 내 불 알

이 시에서 끝에 석자는 모두 욕설이다. 글하는 사람이 서당을 지날 때는 가장 존경을 받아야 하는데, 여기 이 서당은 그렇지가 못했던 것 같다. 그래서 욕설을 퍼붓고 앞으로는 잘하라는 경고성의 메시지가 담겨있는 시라고 할 수 있다.

다음은 공 씨네 집을 지나며 지은 시라고 한다.

臨門老尨吠孔孔하니 知是主人姓曰孔이라.
임 문 노 방 폐 공 공　　지 시 주 인 성 왈 공

黃昏逐客緣何事오? 恐失夫人脚下孔이라.
황 혼 축 객 연 하 사　　　 공 실 부 인 각 하 공

　김삿갓이 날이 저물어 어느 마을 누구네 집 앞에서 하룻밤을 청하려 하는데 개 한 마리가 공, 공, 공, 짖고 있었다. 그리고 그 집 주인이 나오더니 우리 집에는 당신 같은 사람을 재울 수가 없다고 했다. 첫 구에 개가 공공 짖으니 성씨가 공 씨인 줄을 알겠다. 제일 끝구에는 자기 부인의 '脚下孔〔다리 아래 구멍〕을 잃을까 걱정되겠군' 하고 돌아섰다는 이야기다. 이것이 이만저만이 아닌 욕설이면서 세상을 비웃는 시의 구절이기도 하다.
　김삿갓이 어느 마을에 들어서 누구네 집의 제삿날이 섣달 보름이란 것을 알고 그 집에 들어섰다. 아마 거창한 음복상이라도 얻어먹을까 생각하고 갔는지도 모른다. 그런데 그게 아니었다. 그 집 주인은 김삿갓을 완전 거지로 취급했다. 그래서 다음과 같은 시를 써 붙이고 돌아섰다.

年年臘月十五夜에　君家祭祀乃早知라.
연 년 납 월 십 오 야　　　 군 가 제 사 내 조 지

祭奠登物用刀疾이요　獻官執事皆告謁이라.
제 전 등 물 용 도 질　　　 헌 관 집 사 개 고 알

　여기서도 끝에서 3음절이 모두 욕설이다. '씹오야' '내조지' '용도질' '개고알' 이 그것이다. 이 시의 내용을 알든 모르든 끝 세자만 보아도 욕이란 걸 다 알 수 있다.
　다음은 스님과 선비를 싸잡아 욕을 했던 시다. 그 당시에 선비란 이름을 붙인 사이비 선비도 많았고, 스님도 이름만이 스님이지 역시 어쭙잖은 스

님도 많았을 것이다.

僧首團團汗馬閬이요　儒頭尖尖坐狗腎이라.
승 수 단 단 한 마 랑　　　유 두 첨 첨 좌 구 신

聲令銅鈴零銅鼎하고　目若黑椒落白粥이라.
성 령 동 령 영 동 정　　　목 약 흑 초 낙 백 죽

이런 선비와 스님을 신랄하게 욕설을 퍼붓는 김삿갓이야말로 당시 어지러운 현실을 험한 욕설로 비판했으니 그것이 '嘲,僧儒'란 시다.

　중놈의 대갈통은 둥글둥글 땀난 말 부랄 같고 / 선비의 머리통은 상투가 뾰족하여 앉은 개좇같구나. / 목소리는 구리 솥에 방울 굴리듯 하고 / 눈깔은 흰죽에 후추 씨 떨어진 듯하구나.

하고 호되게 욕설을 퍼부었다.
　김삿갓의 이런 시편들은 그 당시 어지럽던 사회를 신랄하게 비평함으로써 새로운 정의사회를 바랐던 것으로도 생각된다.

3. 세상을 비웃으며 방랑하는 김삿갓

　김삿갓은 삿갓으로 하늘을 가리고 이 세상을 살았지만 그에게는 하나같이 삶의 철학이 있었던 것으로 생각된다. 그는 남만큼 배울 것 다 배워서 당시로 보아서는 지성을 갖춘 선비였었다. 단순히 세상을 욕만 하고 돌아다닌 것은 아니고 세상의 인심을 개탄하여 당시의 백성들께 그가 시를 통한 경세의 의도가 있었던 것으로도 생각된다. 그의 '난고평생시'를 본다든가. '옥구김진사' '시시비비' 같은 작품은 우리에게 뭔가 하나의 이념을 제시하고 있다. 난고평생시의 끝 구절을 보면 다음과 같은 시적 이념을 볼 수가 있다.

身窮每遇俗眼白하고 歲去偏傷鬢髮蒼이라.
신 궁 매 우 속 안 백   세 거 편 상 빈 발 창

歸兮亦難佇亦難하여 幾日彷徨中路傍이라.
귀 혜 역 난 저 역 난   기 일 방 황 중 로 방

신세가 궁박해져 늘 백안시白眼視 당하고 / 세월이 갈수록 머리 희어져 가슴만 아프다오. / 돌아가기도 어렵지만 머물기는 더 어려워 / 길 곁에서 방황하기 그 며칠이나 되었던고?

이 시의 끝 구절을 보면 자탄 섞인 목소리가 세상에 대한 경세의 소리로 들린다. 물론 자탄의 목소리가 짙지만, 이것이 모두 세상을 사는 일임을 넌지시 말하고 있다.

또 김삿갓이 전라도 옥구에 들려서 자기 자신을 크게 반성하는 시가 있다. '옥구 김진사'란 시다.

沃溝金進士가 與我二分錢이라.
옥 구 김 진 사   여 아 이 분 전

一死都無事하되 平生恨有身이라.
일 사 도 무 사   평 생 한 유 신

날이 저물어 옥구 김진사 댁을 찾았다. 물론 하룻밤을 자고 가게 해 달

라고 간청하니, 김진사는 김삿갓에게 돈 두 푼을 던져 주고는 내쫓았다. 매우 자존심 상하는 일이었다. 여기에서 세상인심을 크게 반성하고 자신을 한 번 돌아보게 되었다.

옥구 김진사가 / 나에게 돈 두 푼을 주었네. / 한 번 죽으면 모든 것이 끝나는 일이지만 / 평생에 깊은 원한으로 남았다네. / 하고 크게 마음 아파한다.

여기서 세상인심을 다시 한번 되돌아보게 된다.

是是非非非是是하고 是非非是非非是니라.
시 시 비 비 비 시 시　시 비 비 시 비 비 시

是非非是是非非하니 是是非非是是非니라.
시 비 비 시 시 비 비　시 시 비 비 시 시 비

이 시도 세상을 한 번 돌아보게 하는 시다. 김삿갓이 어느 시장 구석으로 가는데 그곳에서 사람들이 서로 어울려 싸우면서 시비가 붙었다. 들어보니 별로 싸울 일도 아닌데 열을 올리고 싸우는 것이 가소롭기까지 했다. 이 사람 말을 들어보면 이 사람 말이 옳은 것 같고, 저 사람 말을 들어보면 저 사람 말이 옳은 것 같았다. 세상일은 마음먹기에 달렸다고 생각했다.

옳은 것 옳다 하고, 그른 것 그르다 함이, 꼭 옳진 않고
그른 것 옳다 하고, 옳은 것 그르다 해도, 옳지 않은 건 아니다.
그른 것 옳다 하고, 옳은 것 그르다 해도, 이것이 그른 것은 아니니
옳은 것 옳다 하고, 그른 것 그르다 하니, 이것이 시비일세.

이 시를 읽어보면, 김삿갓 말이 진짜 옳은 것 같았다. 옳든 그르든, 그렇고 그렇게 살아가는 것이 인생이라면 이것이야말로 세상 사는 방법이 아닐까 하는 생각이 든다.

4. 자신을 돌아보며 인생을 이야기했다.

떠도는 김삿갓 같은 인생이라고 어찌 반성이 없겠는가? 그가 '자탄'이란 시를 두 편이나 썼다. 인생을 진짜 반성하면서 방랑생활을 하고 있다는 생각이 들었다. 특히 김삿갓 같은 시인이야말로 참다운 자기 인생을 반성하고 있는 것이 아닌가? 여기 '자탄'이란 시는 자기를 반성하고 탄식하는 노래인 것이다.

嗟呼天地間男兒여 知我平生者有誰리요.
차 호 천 지 간 남 아   지 아 평 생 자 유 수

萍水三千里浪跡하고 琴書四十年虛詞로다.
평 수 삼 천 리 랑 적   금 서 사 십 년 허 사

김삿갓은 이 시의 첫머리부터 자신을 탄식하는 목소리가 들린다.

아, 이 세상 남자들이여 / 평생에 나를 알아줄 사람 뉘 있으랴. / 물결 따라 부평처럼 삼천리를 떠다녔던 흔적이여! / 40년 동안 글공부도 모두모두 헛것이로다.

그는 과거를 보려고 40년을 글공부를 했다고 했다. 그 글공부도 지금은

모두 허사가 되었다는 것이다. 결코 성공한 인생은 못 되지만 김삿갓이 만약 살아서 지금의 자신을 볼 수만 있다면 결코 실패한 인생만도 아니라고 생각했을 것이다. 그가 남긴 수백 편의 시 작품이 이것을 말해주고 있기 때문이다. 인생은 유한하지만 시 작품은 영원하기 때문이다.

九萬長天擧頭難하고 三千地闊未足宣이라.
구 만 장 천 거 두 난　　　삼 천 지 활 미 족 선

五更登樓非翫月이요 三朝辟穀不求仙이라.
오 경 등 루 비 완 월　　　삼 조 벽 곡 불 구 선

이 시도 자신을 반성하고 자탄하는 시다. 이 시는 현재 자기가 방랑하는 신세를 자탄하는 것이다. 삼천리를 떠돌아도 발 뻗을 곳이 없고, 구만리 장천이 높다 해도 하늘 한 번 처다볼 기회마저 없다는 사실을 그만이 체험하고 있는 것이다. 이것은 어쩜 자신을 자학하고 있는 자신의 탄식인지도 모른다.

　구만리 넓은 하늘인데도 머리 들기 어렵고 / 삼천리 넓은 땅인데도 다리 뻗지 못하네. / 새벽에 누각에 올라가는 것은 달구경하려는 게 아니요 / 사흘이나 굶은 것도 신선 되려는 게 아닐세.

이 끝 구절에 나오듯이, 그가 누각에 오르는 것은 달구경 하러 오르는 게 아니고 사흘을 굶은 것은 신선이 되려고 그런 것이 아니라는 구절은 처절하기까지 하다.

此竹彼竹化去竹하고 風打之竹浪打竹이라.
차 죽 피 죽 화 거 죽　　　풍 타 지 죽 랑 타 죽

〈생략〉

萬事不知吾心竹이요 然然然世過然竹이라.
만 사 부 지 오 심 죽　　　연 연 연 세 과 연 죽

　　이 시는 '竹詩' 라는 시다. 7언 율시를 가운데 구절을 생략했다. 인생을 이렇게 저렇게 살아가겠다는 반성의 시라 할 수 있다. 여기에서 대는 대나무의 대가 아니고 '그런대로' '이런대로' 하는 그의 뜻대로 마음대로 살아가겠다는 김삿갓의 인생이 깃든 시다. 이 竹은 음으로 풀이하는 것이 아니라 뜻으로 풀이해야 한다.

　　이대로 저대로 되어가는 대로 / 바람 치면 치는 대로, 물결치면 치는 대로 / …… 만사를 알지 못하니 내 마음대로 / 그렇고 그런, 또 그런 세상에 그런대로 살리라.

　　이 시는 많이 알려진 시다. 김삿갓의 인생관이 잘 나타나 있는 시로 만사를 내 마음대로 살아가겠다는 의지가 담겨있는 시다.

5. 노스탤지어의 영원한 나그네, 김삿갓

　　내가 만약 김삿갓 같은 경우라면 어떻게 해야 할 것인가? 하고 잠시 생각해 본다. 내가 그라도 그런 사람으로 살아갈 것이라는 결론에 닿는다. 영원한 나그네의 시인 김삿갓, 그 마음을 조금은 이해할 수 있을 것 같다.

寒松孤店裏에 高臥別區人이라.
한 송 고 점 리   고 와 별 구 인

近峽雲同樂하고 臨溪鳥與隣이라.
근 협 운 동 락   임 계 조 여 린

김삿갓의 '自詠'이란 시의 첫 구절이다. 오언 율시에서 위의 4구절이
다. 이 시에서는 그가 유랑하는 모습을 잘 나타내고 있음을 알 수 있다. 이
시 한 구절만 보아도 그가 유랑하는 시인이란 걸 알 수 있다.

차가운 소나무의 외로운 주막에서 / 높은 곳에 누우니 딴 세상 사람 같
네. / 산골짝 근처에 구름과 함께 즐기고 / 개울가에 와서는 새와 더불어
이웃하네.

이 시에서는 그만이 노래할 수 있는 시적 경향이 여기 잘 나타나 있다.
그래서 김삿갓은 영원한 노스탤지어의 시인이라 말하고 싶다.

西行已過十三州하니 此地猶然惜去留라.
서 행 이 과 십 삼 주   차 지 유 연 석 거 유

雨雪家鄕人五夜에 山河逆旅世千秋라.
우 설 가 향 인 오 야   산 하 역 여 세 천 추

이 시는 '思鄕'이란 시의 첫 4구절이다. 고향을 생각하는 제목의 시다.
'사향'은 바로 고향을 생각한다는 내용이다. 고향을 생각하지 않는 사람
이 어디에 있겠냐마는 김삿갓의 경우는 그렇지가 않다. 그는 고향을 떠나
기에 앞서 폐족으로 떠돌아다니는 신세이고 보니 그의 고향에 대한 향수
는 더 말해서 무엇하랴?

서쪽으로 이미 십삼 고을을 지나오니 / 이곳에서 오히려 떠나기 아쉬워 머뭇거리네. / 눈비 내리던 고향집 그리워하는 오밤중에 / 산과 물을 떠도는 천추의 나그네 되었네.

이 '사향' 이란 시에서도 그렇지만, 아래 '영남술회' 라는 시를 보자. 높다란 누각에 올라서 한참이나 고향을 생각하는 시다. 아마 '영남루' 쯤이 아닐까 하는 생각도 해본다. 다음 이 시는 '嶺南述懷' 라는 시다.

超超獨倚望鄉臺하여　强壓覇愁快眼開라.
초 초 독 의 망 향 대　　강 압 패 수 쾌 안 개

與月經營觀海去하고　乘花消息入山來라.
여 월 경 영 관 해 거　　승 화 소 식 입 산 래

'망향대' 에 올라 고향을 생각하는 김삿갓의 심회가 어땠을까 하는 생각을 지금 해보기도 한다. 그 내용을 풀이하여 살펴보면,

높다란 '망향대' 에 나 홀로 기대서서 / 나그네 시름을 억누르고 온 사방을 둘러보네. / 달과 함께 드나드는 바다도 멀리 바라보고는 / 꽃소식 듣고 싶어 이 산속으로 들어왔네.

6. 끝맺음

김삿갓의 시를 주제별로 잠시 살펴보았다. 그의 시는 너무 다양한 주제를 가지고 있기에 세별細別하기가 어렵다. 그래서 몇 가지로 나누어본 것

뿐이다. 김삿갓은 자기 시대의 혼란한 사회제도에 여러 가지 불만도 있었을 것이고, 그런 그 당시의 사회적 피해를 김삿갓이 입어야 했을 것이다. 그가 입은 피해가 그로 하여금 방랑 시인이 되게 한 가장 큰 원인이 되었던 것으로 본다.

김삿갓은 아마 많은 시를 썼을 것으로 생각된다. 대충 생각해도 7, 8백 편의 시가 쓰였을 것으로 추측이 된다. 그러나 그의 시가 얼마인지는 아직도 정확히 모르고 있다. 그러나 현재까지 5백 편 가까운 시가 발견된 것으로 학계에 알려져 있다.

이번에 여기 수록된 작품이 170여 편 정도이니 많이 알려진 작품만으로 골라 묶은 것이다.

제1부

영원한 나그네의 노래

001

自歎 ❶
자 탄

嗟呼天地間男兒여	知我平生者有誰리요.
차 호 천 지 간 남 아	지 아 평 생 자 유 수
萍水三千里浪跡하고	琴書四十年虛詞로다.
평 수 삼 천 리 랑 적	금 서 사 십 년 허 사
靑雲難力致非願이나	白髮惟公道不悲라.
청 운 난 력 치 비 원	백 발 유 공 도 불 비
驚罷還鄕夢起坐하니	三更越鳥聲南枝라.
경 파 환 향 몽 기 좌	삼 경 월 조 성 남 지

스스로 탄식하다

아, 이 세상 남자들이여!

평생 나 알아줄 사람 뉘 있으랴.

부평처럼 삼천리를 떠돌던 흔적은 있지만

40년 동안 글공부는 모두 모두 헛것이로다.

청운의 뜻은 어려워 원하지도 않았지만

백발은 인생의 길이라 내 슬퍼하지 않겠네.

꿈속에 고향 가는 꿈, 깜짝 놀라 일어나니

야삼경 새 한 마리, 남쪽 가지에서 울고 있었네.

| 감상 |

김삿갓 시인이 자기 인생을 탄식하는 노래다. 이 세상 남자로 태어나서 사나이의 뜻을 펴지 못하고 부평초처럼 떠돌아다니는 자기를 한없이 싫은 적도 있었다. 한때는 글을 읽어 출세할 생각도 있었으나 모든 것은 허무하게 끝나고 비관 속에 삼천리를 떠돌아다니는 신세가 되고 보니 잠 속에서 꿈꾸다가도 놀라 일어나 앉게 된다. 이렇게 떠도는 김삿갓은 자신을 후회하고 탄식한 적이 한두 번이 아니었다.

| 도움말 |

• 嗟呼(차호) : 아 슬프다.   • 琴書(금서) : 중요한 글공부.   • 虛詞(허사) : 헛된 것이다. 詞는 호소하는 뜻을 강조.   • 越鳥(월조) : 월나라의 새. 胡馬依北風, 越鳥巢南枝(호마의북풍, 월조소남지)에서 인용함. 오랑캐 말은 북풍에 의지하고, 越(월)나라 새는 남쪽 가지에 깃들인다.

002

鐵原富豪家, 逐客詩
철 원 부 호 가 축 객 시

人到人家不待人하니 主人人事難爲人이라.
인 도 인 가 부 대 인　　　주 인 인 사 난 위 인

철원 부잣집에 나그네를 쫓음

사람의 집에 사람이 찾아왔는데 사람대접 않으니

주인의 하는 일을 보니 사람 되기는 아예 글렀네.

| 감상 |

　　김삿갓이 철원에 있는 어느 부잣집을 찾아가서 일박과 숙식을 부탁하
니 주인은 나와서 무정하게 거절을 했다. 거절을 당한 김삿갓이 시를 지어
담 구석에 붙이고 지나갔다. 사람 사는 집에 사람이 왔는데, 사람대접을 하
지 않으니 이 집 주인은 '사람 되기는 아예 글렀구나!' 하는 내용이다.

> 덧붙임
>
> 보통 한시는 5언 절구와 율시, 7언 절구와 율시로 되어있는데 이 시는 칠언
> 단수(2구)로 된 시다. 이런 시는 파격으로 김삿갓이 아니면 있을 수 없다.

003

金笠, 來期詩
김 립 래 기 시

主人呼韻太環銅하니　我不以音以鳥熊이라.
주 인 호 운 태 환 동　아 불 이 음 이 조 웅

濁酒一盆速速來하라　今番來期尺四蚣이라.
탁 주 일 분 속 속 래　금 번 래 기 척 사 공

김삿갓 내기 시

주인이 부르는 운자가 너무 '고리〔環〕'고 '구리〔銅〕'니
나는 음音으로 하지 않고 '새김〔鳥熊〕'으로 해야겠네.
막걸리 한 단지를 빨리빨리 가져오너라
이번 '내기〔來期〕'에는 '자네〔尺四〕'가 진〔蚣〕 것이네.

| 감상 |

　어느 고을에서 김삿갓이 시를 잘한다는 노인과 막걸리 내기 시 짓기를
하였는데, 노인이 운자로 '銅' '熊' '蚣'을 부르자 김삿갓이 그 운韻에 따
라 시를 지어 막걸리를 얻어먹었다고 한다.

• 銅 : 구리 동. '구리다'로 풀이.   • 鳥熊 : 새(조), 곰(웅) 자는 '새곰'이니 "새 감"이라고 풀이.   • 蚣 : 지내(공)은 뜻으로 풀이해서 '지내'로〔'졌네'〕로 풀 이했다.

▲김삿갓 표준영정

004

失題
실　제

許多韻字何呼覓고?　彼覓有難況且覓이라.
허 다 운 자 하 호 멱　　피 멱 유 난 황 차 멱

一夜宿寢懸於覓하니　山村訓長但知覓이라.
일 야 숙 침 현 어 멱　　산 촌 훈 장 단 지 멱

제목을 못 붙인 시

허다한 운자韻字 중에 하필이면 '멱覓' 자를 부르나.

저 '멱覓' 자도 어려웠는데 또 '멱覓' 자를 부르는구나.

하룻밤 내 잠자리가 이 '멱覓' 자에 달려있으니

아, 산골 훈장이여! 그대는 오직 '멱覓' 자만 아는구려.

| 감상 |

　제목을 못 붙인 시를 그냥 '失題(실제)' 라고 한다. 김삿갓이 어느 서당을 찾아가서 하룻밤 묵기를 청하니 그 서당 훈장이 글을 지어서 결정한다 하면서 운자를 '멱覓' 자를 부른다. 이 운자가 참 어려운 운자가 되어서 시 짓

기가 어려웠다. 그런데 계속해서 '멱' 자만 또 부르니 어쩌나, 오늘 밤 잠자리가 이 '멱' 자에 달렸으니 어쩔 수 없지. 그래서 하는 말, '이 서당 훈장은 아는 것이 〈멱〉자뿐이로군!' 하였다.

| 도움말 |

서당 훈장이 시 짓기 어려운 '覓(멱)' 자를 네 번이나 운자로 불렀다. 이에 훈장을 풍자하며 재치 있게 네 구절 다 읊었던 것이다.

005

宿,農家
숙 농 가

終日緣溪不見人타가　幸尋斗屋半江濱이라.
종 일 연 계 불 견 인　행 심 두 옥 반 강 빈

門塗女媧元年紙요　房掃天皇甲子塵이라.
문 도 여 와 원 년 지　방 소 천 황 갑 자 진

光黑器皿虞陶出이요　色紅麥飯漢倉陳이라.
광 흑 기 명 우 도 출　색 홍 맥 반 한 창 진

平明謝主登前途에　若思經宵口味辛이라.
평 명 사 주 등 전 도　약 사 경 소 구 미 신

농가에서 자다

종일토록 계곡 따라가도 사람구경 못 했는데
다행스러워라, 그 오두막을 강변에서 찾았네.
문 바른 종이는 태고 때, 여와 시절 바로 그 종이요
방을 쓸었는데 아, 천황씨 갑자년의 먼지로다.
거무스레한 그릇들은 유우도당시절 나온 것 같고

불그레한 보리밥, 한나라 창고 묵은쌀로 지은 것 같네.

날이 밝아 주인께 인사하고 길 떠날 즈음에

　지난밤 일을 생각하면 내 이 입맛마저 쓰구나.

| 감상 |

　농가를 찾아들어 하룻밤을 자면서 보고 느낀 것을 묘사하고 있다. 옛날 농촌은 살기도 어려울 뿐 아니라 지저분하고 거무튀튀한 현상을 태고시절 그때를 회상하게 한다는 것은 있을 법한 일이다. 그 당시 우리 농촌생활상을 잘 묘사하고 있다. 이런 상황에서 하룻밤을 자고 나서 길을 떠날 때 어젯밤을 생각하면 내 입맛까지 쓰다고 느끼고 있다.

| 도움말 |

여와女媧는 중국 전설에 나오는 천지만물을 화육化育했다는 여신. 천황씨天皇氏는 중국 고대 설화에 나오는 고대 중국의 임금 이름. 여기에 나오는 여와나 천황씨는 중국 고대에 나오는 상고시대의 인물이며, 그때 생활상을 상기하면서 이 시를 쓴 것이다.

천황씨(天皇氏) ▶

006

過,安樂見忤
과 안 락 견 오

安樂城中欲暮天하니　關西儒子聳詩肩이라.
안 락 성 중 욕 모 천　　관 서 유 자 용 시 견

村風厭客遲炊飯하여　店俗慣人但索錢이라.
촌 풍 염 객 지 취 반　　점 속 관 인 단 색 전

虛腹曳雷頻有響하고　破窓透冷更無穿이라.
허 복 예 뢰 빈 유 향　　파 창 투 냉 갱 무 천

朝來一吸江山氣하니　試向人間辟穀仙이라.
조 래 일 흡 강 산 기　　시 향 인 간 벽 곡 선

안락성을 지나다가 천대를 당함

안락성 안에 해가 기울어져 날이 저물고자 하니

관서지방 못난 선비 시 짓는다고 뻐기는구나.

마을 풍속이 나그네를 싫어해 밥 짓기를 미루는데

주막 풍속 야박하여 돈부터 내라고 떼를 쓰는군.

빈속에선 쪼록쪼록 배고파 자주 들리는 소리요

뚫리고 찢어진 창문으로 찬 기운만 스며드네.

아침 되어 이 강산의 공기를 한번 마셨으니

인간 세상에서 벽곡辟穀의 신선 되려 시험함이리라.

| 감상 |

김삿갓이 날이 저물어 관서지방 안락성에 도착했다. 일박을 할 생각으로 성내 인심을 살펴보니 말이 아니었다. 인심이 고약하여 나그네가 있으니 일부러 저녁밥을 늦추고 주막에서는 돈부터 먼저 요구한다. 이 지방의 인심을 알 수 있었다. 잠을 자려는 방은 문구멍이 뚫려서 찬바람이 들어오고 겨우겨우 밤을 새우고 아침이 와서 크게 한 번 호흡을 하면서 신선한 공기를 마셨더니 새로운 기분이 다시 들었다. 그래서 배를 굶었으니 내가 신선이 되는 것이 아닐까 하고 능청도 떨어본다.

| 도움말 |

견오見忤는 상대에게 천대를 받는 일. 벽곡辟穀은 신선이 되기 위해 곡식을 먹지 않고 단련하는 방법의 하나. 아마도 김삿갓이 저녁과 아침마저 굶은 모양이었다. 성 이름이 안락성安樂城이라, 오늘 하루는 편안하게 하룻밤을 쉬려나 했는데, 안락은커녕 불안하게 일박을 하고 밥마저 굶게 되었다는 것을 풍자하여 이 시를 지었다.

007

自詠
자 영

寒松孤店裏에   高臥別區人이라.
한 송 고 점 리   고 와 별 구 인

近峽雲同樂하고   臨溪鳥與隣이라.
근 협 운 동 락   임 계 조 여 인

錙銖寧荒志리오? 詩酒自娛身이라.
치 수 녕 황 지   시 주 자 오 신

得月卽寬憶하고   悠悠甘夢頻이라.
득 월 즉 관 억   유 유 감 몽 빈

스스로 시를 읊다

차가운 소나무 아래 외로운 주막에서
높은 곳에 누우니 딴 세상 사람 같네.
산골짝 근처에 구름과 함께 즐기고
개울가에 와서는 새와 더불어 이웃하네.
하찮은 세상일로 내 뜻 어찌 거칠게 하랴.

시주詩酒와 더불어 내 몸을 즐겁게 하리라.

달을 쳐다보고 옛 추억에 젖기도 하고

유유하게 단꿈도 자주 꾸어보리라.

| 감상 |

　방랑하면서도 한때는 자기 감상에 젖어보기도 한다. 그리고 어릴 때의 추억도 떠올려본다. 하늘의 구름과 밝은 달, 개울가에 가서는 산새와도 대화를 하고 유유자적하게 시주詩酒를 벗 삼아 아름다운 추억과 꿈을 꾸는 시간도 가져본다. 방랑하는 사람이라고 어찌 한때의 즐거움이 없겠는가?

| 도움말 |

　방랑하는 김삿갓도 때로는 세속에 물들지 않고 순수하게 시와 술로 근심을 잊으며 아름다운 자연 속에 살아가고픈 풍류객의 모습이 엿보인다.　•치수鑑銖 : 하찮은 물건이나 일.

008

思鄉
사 향

西行已過十三州하니　此地猶然惜去留라.
서 행 이 과 십 삼 주　　차 지 유 연 석 거 유

雨雪家鄉人五夜에　山河逆旅世千秋라.
우 설 가 향 인 오 야　　산 하 역 여 세 천 추

莫將悲慨談靑史하라　須向英豪問白頭를 –.
막 장 비 개 담 청 사　　수 향 영 호 문 백 두

玉館孤燈應送歲하니　夢中能作故園遊라.
옥 관 고 등 응 송 세　　몽 중 능 작 고 원 유

고향 생각

서쪽으로 십삼 고을 다 지나서 여기 오니

이곳이 오히려 아쉬움 남아 떠나기 머뭇거려지네.

눈비 내리던 고향 집 그리워 오밤중에 생각하니

산과 물을 떠도는 천추千秋의 나그네 되었다네.

지나간 역사〔靑史〕를 이야기하며 비감하지 말게나

영웅과 호걸들도 모름지기 백발이 되어 돌아가는 것을-.
여관 외로운 등불 아래 또 한 해를 보내오니
꿈속에 놀던 고향동산 생각 다시 떠올라라.

| 감상 |

고향 생각을 하는 작품이다. 두루 타지로 13 고을을 돌아다녔지만 그래
도 아쉬워 머뭇거림은 왜일까? 그것은 고향이 생각나서 그렇다. 비 내리고
눈 내리던 고향 집이 새삼스럽게 떠오르니 시 한 수 없을쏘냐. 천추의 나
그네가 되었어도 옛날 놀던 고향산천이 그리워진다. 여관 등불 아래서 한
해를 보내니 더욱 고향이 그리워졌으리라.

| 도움말 |

오야五夜는 오경五更이니, 새벽
3시부터 5시까지이다. 역려逆旅
는 이 세상 두루 돌아다님을 말
하니, 이 말은 이백의 「春夜宴,
桃李圓序(춘야연, 도리원서)」에 나
오는 말로 夫, 天地者(부, 천지자)
는 萬物之逆旅(만물지역려)에서
인용했다.

▲ 『명산승개기』에 실린 이백의 〈춘야연도리원서〉

009

卽吟
즉   음

坐似枯禪反愧髯하니　風流今夜不多兼이라.
좌 사 고 선 반 괴 염　　風 류 금 야 부 다 겸

燈魂寂寞家千里요　　月事蕭條客一簷이라.
등 혼 적 막 가 천 리　　월 사 소 조 객 일 첨

紙貴淸詩歸板粉하고　肴貧濁酒用盤鹽이라.
지 귀 청 시 귀 판 분　　효 빈 탁 주 용 반 염

瓊琚亦是黃金販이니　莫作於陵意太廉이라.
경 거 역 시 황 금 판　　막 작 오 릉 의 태 렴

즉흥적으로 읊다

내 앉은 모양이 스님 같아서 내 수염 부끄러우니
오늘 밤의 풍류도 모두 다하지 못하겠구나.
등불이 적막하여 여기서 고향 집은 천리 길인데
달빛까지 쓸쓸해서 나그네 혼자 처마를 쳐다보네.
종이가 없어 하얀 판자에다 시 한 수 써놓고서

소반 위의 소금 안주로 막걸리 한 잔 마시네.

요즘에는 시詩도 돈으로 주고받는 세상이니

오릉에 살던 진중자陳仲子도 청렴만을 일삼지 않으리라.

즉흥시 한 수를 지었다. 옛날에는 즉흥시를 잘 읊었지만 지금 시인들은
그렇지가 못하다. 즉흥시를 읊고 종이가 없어 하얀 판자에다 올려 쓰니 술
생각이 난다. 그래서 소반에 있는 소금을 집어넣고 막걸리 한잔을 마셨다.
시를 생각하면 술이요, 술을 마시면 시가 생각난다는 당나라 때 이백이 생
각난다. 시도 돈 받고 파는 세상이라니 지금으로 말하면 시 한 편에 원고
료를 받는 것과 같으리라.

즉음卽吟은 즉흥시를 의미한다.   •경거瓊琚 : 패옥이나 훌륭한 선물이니, 여기
서는 시를 뜻한다.   •진중자陳仲子 : 제나라 오릉於陵에 살았던 청렴한 선비였
다. 그가 지금도 살아있다면 세상 따라 달라졌을 거다.

◀ 진중자(陳仲子)

010

自顧偶吟
자 고 우 음

笑仰蒼穹坐可超하니　回思世路更迢迢라.
소 앙 창 궁 좌 가 초　　회 사 세 로 경 초 초

居貧每受家人謫하고　亂飮多逢市女嘲라.
거 빈 매 수 가 인 적　　난 음 다 봉 시 녀 조

萬事付看花散日이요　一生占得月明宵라.
만 사 부 간 화 산 일　　일 생 점 득 월 명 소

也應身業斯而已이니　漸覺靑雲分外遙니라.
야 응 신 업 사 이 이　　점 각 청 운 분 외 요

나를 돌아보며 우연히 읊다

웃으며 푸른 하늘 보니 이 마음 초연하고
세상일 돌이켜 생각하면 그 길 다시 아득하구려.
가난하게 산다고 늘 집사람에게 잔소리만 듣고
분수없이 마신다고 동네 여인들께 조롱을 받았네.
세상 모든 일은 흩어지는 꽃같이 바라보면서

내 일생을 밝은 달과 함께 살고자 하였구나!

응당 내게 주어진 일이 이것밖에 없으니

청운靑雲은 분수 밖의 일이란 걸 점점 깨닫게 되었다네.

| 감상 |

자기를 돌아보며 우연히 읊은 시라고 했다. 자기 인생의 반성이다. 하늘이 내게 준 일이 이것 밖에 없으니 술이나 마시고 내 운명대로 사는 것이 자기의 분수라고 했다. 사람은 자기 뜻대로 살고 주어진 운명만큼 살아간다는 깊은 철리가 담긴 시이다. 끝 구절에 청운은 분수 밖의 일이란 걸 새삼 깨달았다는 걸 강조하고 있다.

| 도움말 |

어려운 세속을 벗어나서 자연과 더불어 마음대로 살아가는 것을 자신의 생활신조라는 것을 강조하며 유유자적하게 살아가겠다는 것을 노래한 시다. •창궁蒼穹은 하늘을 뜻하며 초초沼沼는 아득하고 먼 모양이다. •적적謫謫 : 꾸지람, 잔소리, 이런 뜻도 있음.

011
蘭皐,平生詩
난 고 평 생 시

鳥巢獸穴皆有居하나　顧我平生獨自傷이라.
조 소 수 혈 개 유 거　고 아 평 생 독 자 상

芒鞋竹杖路千里하며　水性雲心家四方이라.
망 혜 죽 장 로 천 리　수 성 운 심 가 사 방

尤人不可怨天難하여　歲暮悲懷餘寸腸이라.
우 인 불 가 원 천 난　세 모 비 회 여 촌 장

初年自謂得樂地하고　漢北知吾生長鄕이라.
초 년 자 위 득 락 지　한 북 지 오 생 장 향

簪纓先世富貴人하고　花柳長安名勝庄이라.
잠 영 선 세 부 귀 인　화 류 장 안 명 승 장

隣人也賀弄璋慶하고　早晚前期冠蓋場이라.
인 인 야 하 농 장 경　조 만 전 기 관 개 장

髮毛稍長命漸奇하여　灰劫殘門飜海桑이라.
발 모 초 장 명 점 기　회 겁 잔 문 번 해 상

依無親戚世情薄하고　哭盡爺孃家事荒이라.
의 무 친 척 세 정 박　곡 진 야 양 가 사 황

終南曉鐘一納履하여 風土東邦心細量이라.
종남효종일납리 풍토동방심세양

心猶異域首丘狐하여 勢亦窮途觸蕃羊이라.
심유이역수구호 세역궁도촉번양

南州從古過客多하나 轉蓬浮萍經幾霜고?
남주종고과객다 전봉부평경기상

搖頭行勢豈本習이라 糊口圖生惟所長이라.
요두행세기본습 호구도생유소장

光陰漸向此中失하여 三角靑山何渺茫이라.
광음점향차중실 삼각청산하묘망

江山乞號慣千門이나 風月行裝空一囊이라.
강산걸호관천문 풍월행장공일낭

千金之子萬石君이 厚薄家風均試嘗이라.
천김지자만석군 후박가풍균시상

身窮每遇俗眼白하고 歲去偏傷鬢髮蒼이라.
신궁매우속안백 세거편상빈발창

歸兮亦難佇亦難하여 幾日彷徨中路傍이라.
귀혜역난저역난 기일방황중로방

난고 평생 시

날 새도 둥지 있고 짐승도 굴이 있지만
내 평생 돌아보아도 너무 홀로 가슴 아프다.
죽장망혜竹杖芒鞋로 천 리 길 떠다니며
물처럼 구름처럼 사방이 모두 내 집인 것을…
더욱이 남을 탓할 수도, 하늘을 원망할 수도 없어
섣달그믐날엔 서글픈 마음이 가슴에 넘쳐났지.

초년에는 즐겁다고 좋은 세상 만났다 말도 했지만
한양 땅이 내가 자란 고향인 줄 알았었지.
우리 집은 대대로 부귀영화를 누렸고
화려한 장안, 이름 있는 곳에 우리 집도 있었네.
이웃 사람들 아들 낳았다 축하하고
이르나 늦으나 출세하기를 기대했었지.
머리가 차츰 커져 내 팔자 기구함을 알았으니
벽해상전碧海桑田이라더니 우리 집이 무너졌네.
의지할 친척 없고 세상인심 기박하여
부모상을 마치고 나니 집안이 쓸쓸해졌어라.
남산 새벽 종소리에 신 끈을 바짝 동여매고는
조선 팔도 돌아다니니 시름 또한 가득 찼네.
마음은 언제나 타향, 고향 그리는 수구초심首丘初心
울타리에 뿔 박은 양처럼 형세가 궁박해졌네.
남쪽 지방은 예로부터 나그네가 많았다 했지만
부평처럼 떠도는 신세, 몇 해나 되었던고?
머리 굽실거리는 행세, 이게 어찌 내 본성이랴
입에 풀칠하며 살기에 말솜씨만 늘어났네.
이 가운데 세월만이 차츰차츰 잊어버려
삼각산 푸른 모습 아득하기만 하여라.
이 강산 떠돌며 얻어먹은 집이 천만이나 되련만,
풍월시인風月詩人 행장은 언제나 빈 자루 하나…
천만금 부자 자제, 만석꾼 부자들의

후하고 박한 가풍 골고루 맛보았다.

신세가 궁박해져 늘 업신여김 당하고

세월이 갈수록 머리 희어져 가슴만 아프다네.

돌아가기도 어렵지만 그만두기는 더 어려워

길 가운데서 방황하기 그 며칠이나 되었던고?

| 감상 |

  이 시는 김삿갓 방랑 시인의 가정과 생활을 낱낱이 시로 표현하고 있다. 삿갓 시인 김병연의 가정적 내력과 지나온 행적을 소상히 표현하고 있다. 이 시로서 김병연의 가정과 태어난 근본까지 알 수 있으며, 그가 왜 이 길을 가지 않으면 안 되었는지 까지를 고백하고 있다. 「歸兮亦難佇亦難(귀혜역난저역난)」에서 그의 심리적 표현이 잘 나타나 있다.

| 도움말 |

  난고蘭皐는 김삿갓의 아호이다. 죽장망혜는 떠돌이 시인의 행장을 말하며, 수성운심水性雲心은 떠돌아다닌다는 말을 단적으로 표현한 말이다. 잠영簪纓은 내력 있는 집안을 말하며, 해상海桑은 벽해상전碧海桑田을 의미하여 세상의 변화가 무상함을 말한다. 수구호首丘狐는 수구초심首丘初心을 말하며 고향을 그리워하는 마음을 이름이다.

012

多睡婦
다 수 부

西隣愚婦睡方濃하니　不識蠶工況也農하랴.
서 린 우 부 수 방 농　　불 식 잠 공 황 야 농

機閑尺布三朝織하고　杵倦升糧半日春이라.
기 한 척 포 삼 조 직　　저 권 승 량 반 일 용

弟衣秋盡常稱搗하고　姑襪冬過每語縫이라.
제 의 추 진 상 칭 도　　고 말 동 과 매 어 봉

蓬髮垢面形如鬼하고　偕老家中却恨逢이라.
봉 발 구 면 형 여 귀　　해 로 가 중 각 한 봉

잠 많은 여자

서쪽 이웃 어리석은 아낙이 낮잠만을 즐기니

누에치기를 모르는데 농사일을 어이 알리요.

베틀은 한가해 한 자 짜는데 사흘씩 걸리고

절구질도 게을러 반나절에 한 되만을 찧는구나.

시동생 옷은 가을이 다 가도록 말로만 다듬질하고

시어머니 버선은 말로만 바느질하여 겨울을 넘겼다.
봉두난발 헝클어진 머리, 때 낀 얼굴이 귀신같고
함께하는 식구들이 잘못 만났다 한탄만 늘어놓네.

| 감상 |

이 시는 잠 많은 아낙네의 행동거지를 잘 표현한 작품이다. 일은 않고 낮잠만 자는가 하면 베 짜기, 누에농사는 뒷전이다. 너무 잠을 많이 자서 베 한 자 짜는데 3일씩이나 걸리고, 반나절에 한 되의 곡식을 찧으니 그 게으름을 알만도 하다. 봉두난발한 머리를 보면 때 자국이 끼어있고 함께 사는 식구들이 잘못 만났다고 한탄을 한다. 이 정도면 게으른 여자가 짐작이 갈만하다.

| 도움말 |

삼조三朝는 3일을 말하며, 용용舂은 '방아 찧기'이다. 봉발蓬髮은 머리가 헝클어진 모양을 말하며, 해로偕老는 함께 사는 사람들을 말한다.

013

懶婦
나 부

無病無憂洗浴稀하여　十年猶着嫁時衣라.
무 병 무 우 세 욕 희　　십 년 유 착 가 시 의

乳連褓兒謀午睡하고　手拾裙虱愛簷暉라.
유 연 보 아 모 오 수　　수 습 군 슬 애 첨 휘

動身便碎廚中器하고　搔首愁看壁上機라.
동 신 변 쇄 주 중 기　　소 수 수 간 벽 상 기

忽聞隣家神賽慰하면　柴門半掩走如飛라.
홀 문 인 가 신 새 위　　시 문 반 엄 주 여 비

게으른 여자

병 없고 걱정 없는데 목욕도 자주 안 해

십 년 동안 시집올 때 옷 그대로 입고 있네.

강보의 아기 젖 물린 채 낮잠에 빠져들고

이를 잡으려 치마 들고 밝은 처마 밑으로 나온다네.

몸을 움직여 부엌에서 일을 하면 그릇이나 깨부수고

머리를 긁으며 벽가에 붙은 베틀을 근심하네.

그러다가 갑자기 이웃집 굿한다는 소문만 들리면

사립문 반쯤 닫고는 날아가듯 굿 구경 달려가네.

| 감상 |

 게으른 여자의 특성을 잘 표현하고 있다. 목욕도 안 하고 세수도 안 했
으니 그 여자의 얼굴을 짐작할만하다. 젖먹이 아이에게 젖을 물리고는 여
자는 잠을 씩씩 잔다니 그 여자의 됨됨이를 알 수 있다. 특히 이웃집 굿을
한다는 소리만 들으면 구경하러 와르르 달려가는 행위는 어찌 보면 게으
른 여자도 아닌 것 같다. 자질이 덜된 여자 같다.

| 도움말 |

• 군슬裙虱 : 치마에 있는 이를 말한다. 옛날에는 이를 잡는 광경을 자주 볼 수
있었다. • 슬虱 : 이(슬). '蝨' 자를 쓰기도 한다. • 신새위神賽慰 : 굿하는 것을
의미함.

014

喪配自輓
상 배 자 만

遇何晚也別何催요	未卜其欣只卜哀라.
우 하 만 야 별 하 최	미 복 기 흔 지 복 애

祭酒惟餘醮日釀하고	襲衣仍用嫁時裁라.
제 주 유 여 초 일 양	습 의 잉 용 가 시 재

窓前舊種少桃發하고	簾外新巢雙燕來라.
창 전 구 종 소 도 발	염 외 신 소 쌍 연 래

賢否卽從妻母問하니	其言吾女德兼才라.
현 부 즉 종 처 모 문	기 언 오 녀 덕 겸 재

아내 죽어 만사를 짓다

만날 때는 늦게, 헤어질 땐 무얼 그리 빠른가?

기쁨도 맛보기 전에 다만 슬픔부터 맛보았네.

제삿술은 아직도 초례 때 남은 술로 하고

염할 때 입힌 옷은 시집올 때 가져온 옷 그대로네.

창 앞에 심은 복숭아나무엔 몇 송이 꽃은 피는데,

주렴 밖 제비집엔 제비 한 쌍이 날아왔구나.
그대 심성이 어떤지 몰라 장모님께 물었더니
내 딸은 재덕을 겸비했다고 나에게 말하셨네.

| 감상 |

　내용을 보아서 시집온 지 얼마 안 돼서 아내의 상을 당하여 그 만서를 남편이 지은 것으로 되어 있다. 아내가 떠난 집에 제비가 찾아오고 복숭아 꽃이 피니, 아내를 그리는 정이 더욱 간절해짐을 표현했다. 제일 끝 연에 아내의 심성을 몰라 장모께 묻는 것으로 보아 아직 아내의 심성조차 파악 못한 것 같아서 시집와 얼마 안 되어 죽은 것 같다.

| 도움말 |

　만서輓書는 사람이 죽으면 상여 나갈 때 만장에 써서 달고 나가는 글을 말한다. 이 만서는 친구나 남이 쓰는 것이 보통인데 김삿갓은 자기가 아내의 만서를 썼던 것이다. 자만自輓은 자기가 미리 쓴 만서를 말하는데, 자만을 써 놓는 사람도 있으니 재미나는 일이다. 만서輓書를 만사輓詞라고 하기도 한다.

015

贈妓
증 기

却把難同調터니　　還爲一席親이라.
각 파 난 동 조　　　 환 위 일 석 친

酒仙交市隱하니　　女俠是文人이라.
주 선 교 시 은　　　 여 협 시 문 인

太半衿期合하니　　成三意態新이라.
태 반 금 기 합　　　 성 삼 의 태 신

相携東郭月타가　　醉倒落梅春이라.
상 휴 동 곽 월　　　 취 도 락 매 춘

기녀에게 주는 시

처음 만났을 때 서먹서먹하여 어울리기도 어럽더니

지금은 우리 가장 가까운 사이가 되었네.

주선酒仙이 시은市隱과 사귀는데

이 여협女俠은 참으로 문인다운 여인일세.

정을 통하려는 생각이 거의 합의가 되자

셋의 뜻이(달그림자까지) 모여 세 모습이 되었어라.

서로서로 손잡고 달빛에 동쪽 성터를 거닐다가

취하여 매화꽃 떨어지는 봄, 쓰러져버렸네.

| 감상 |

'기생에게 주는 시' 라고 제목을 붙었지만 기생과 사귀는 내용이다. 김삿갓이 기생에 접근하여 기생의 마음을 움직여서 결국 기생과 김삿갓이 어울려 달그림자와 함께 매화꽃 떨어지는 봄의 그림자에 쓰러져 한 몸이 되었다는 시적인 표현이다. 박수를 보내고픈 심정이다.

| 도움말 |

주선酒仙은 술을 즐기는 김삿갓 자신이요, 시은市隱은 도회지에 살면서도 은자 같이 지내는 사람이다. 이백李白의 시 '월하독작月下獨酌' 에 "擧杯邀明月, 對影成三人(거배요명월, 대영성삼인)" 이라고 하여 달, 자신, 그림자가 모여 셋이 되었다는 구절이 있다. 술을 좋아하는 시객詩客이 아름다운 기녀와 대작을 하며 시로 화답하고 봄밤의 취흥을 즐기는 풍류적인 시이다.

016

老人自嘲
노 인 자 조

八十年加又四年하니　非人非鬼亦非仙이라.
팔 십 년 가 우 사 년　　비 인 비 귀 역 비 선

脚無筋力行常蹶하고　眼乏精神坐輒眠이라.
각 무 근 력 행 상 궐　　안 핍 정 신 좌 첩 면

思慮語言皆妄佞인데　猶將一縷氣乏線이라.
사 려 어 언 개 망 녕　　유 장 일 루 기 핍 선

悲哀歡樂總茫然하고　時閱黃庭內景篇이라.
비 애 환 락 총 망 연　　시 열 황 정 내 경 편

노인을 놀리다

나이 팔십에 또 네 살을 더했으니

사람도 아니요 귀신도 아니요 신선 또한 아닐세.

다리에 힘이 없어 항상 잘 넘어지고

안질이 안 좋아 정신없이 앉아서 자주 졸고 있네.

생각과 하는 말이 모두 모두 망령인데

한 줄기 기운이 남아 겨우 목숨만 이어가네.

슬픔, 기쁨, 환락이 모두 다 망연하여 아득한데

때때로는 '황정경' 내경 편을 읽고 있었구나.

| 감상 |

팔십 네 살 된 노인을 읊은 시다. 제목이 '노인을 스스로 놀리다' 로 되어있다. 사람도 아니요 귀신도 아니요 신선은 더욱 아니라는 구절에 눈이 간다. 그 표현이 너무 간절하고 애를 끊는다. 기력이 다 빠진 노인을 표현하여 애달픈 마음마저 들곤 한다.

| 도움말 |

김삿갓이 노인의 청을 받아 지은 것이라 했다. 기력이 쇠해서 근근이 살아가면서도 도가道家의 경전인 '황정경' 이란 경문을 읽으며 허무에 심취한 것을 읊었다. '황정경' 이란 도가道家의 경문으로 양생을 위한 경문이라고 한다.

▲ 황정경(黃庭經)의 채색묵적본(彩色墨迹本)

017
嘲, 幼冠者
조　유　관　자

畏鳶身勢隱冠蓋하여　何人咳嗽吐棗仁이라.
외　연　신　세　은　관　개　　　　하　인　해　수　토　조　인

若似每人皆如此라면　一腹可生五六人이라.
약　사　매　인　개　여　차　　　일　복　가　생　오　륙　인

갓 쓴 어린아이를 놀리다

솔개 보고 무서워할 아이놈, 갓 속에 숨은 듯하여
그 누가 기침하다가 토해낸 대추씨만 하구나.
만약에 사람마다 모두들 이렇게 작을 것 같으면
한 사람 뱃속에서 5, 6명은 나올 수 있겠구나!

| 감상 |

　　꼬마 신랑이 갓 쓴 모양을 보고 조롱해서 쓴 시이다. 솔개를 무서워할
나이에 몸을 가릴 만큼 큰 갓을 쓰고 몸집은 대추씨처럼 작은데 벌써 새신
랑이 되었음을 표현하고 있다. 만약 이 세상 사람들이 모두 저처럼 작다면

한 여자의 뱃속에 대여섯 명은 들어 있다가 한꺼번에 나올 수도 있겠지 하
는 구절에는 웃음을 자아내게 한다.

| 도움말 |

외연畏鳶은 솔개를 보고도 겁을 낸다는 뜻으로 어려서 겁이 많음을 말한다. 해
수咳嗽는 기침을 말하며, 그 병을 해수병이라고도 한다. 조인棗仁은 대추씨를 말
함. '仁'은 씨다.

018

嘲, 年冠者
조　연　관　자

方冠長竹兩班兒가　　新買鄒書大讀之라.
방 관 장 죽 양 반 아　　신 매 추 서 대 독 지

白晝猴孫初出袋하고　黃昏蛙子亂鳴池라.
백 주 후 손 초 출 대　　황 혼 와 자 난 명 지

갓 쓴 이를 조롱하며

갓 쓰고 담뱃대 문 양반 아이가

새로 산 맹자孟子 책을 큰소리로 읽고 있다.

백주 대낮 원숭이 새끼 이제 막 태어난 듯하고

황혼 무렵 개구리가 연못에서 어지럽게 우는 듯하구나.

| 감상 |

　갓 쓴 양반을 놀리고 있다. 예부터 관례를 치르면 양반이라 갓을 써야
하고 담뱃대를 물어야 한다. 거기에 새로 산 맹자 책을 끼고 다니며 읽고
있는데, 이런 양반을 욕하고 있다. 대낮에 원숭이 새끼가 막 태어난 것 같

은 모습이요, 책을 읽는 소리를 황혼 녘 연못가에서 개구리 울음소리 같다고 표현하고 있다.

| 도움말 |

추서鄒書는 맹자孟子책을 일컫는 말이다. 맹자가 추鄒에서 출생했기에 '맹자' 책을 일컫는다.

▲ 맹자(孟子)

019

訓戒訓長
훈 계 훈 장

化外頑氓怪習餘하여 화 외 완 맹 괴 습 여	文章大塊不平噓라. 문 장 대 괴 불 평 허
蠡盃測海難爲水하니 여 배 측 해 난 위 수	牛耳誦經豈悟書라. 우 이 송 경 기 오 서
含黍山間奸鼠爾하나 함 서 산 간 간 서 이	凌雲筆下躍龍余라. 능 운 필 하 약 용 여
罪當笞死姑舍已하노니 죄 당 태 사 고 사 이	敢向尊前語詰踞하라. 감 향 존 전 어 힐 거

훈장을 훈계하다

어느 먼 산골 미련한 백성이 괴이한 습성 있어

문장 대가들에게 온갖 불평을 지껄이고 있네.

종발로 바닷물을 담는다고 바다가 될 수 없듯

소귀에 경 읽기이니 어찌 그 글의 뜻을 깨닫겠는가.

너는 산골 생쥐라서 기장이나 먹지만

나는 날아오르는 용이라 붓끝으로 구름을 일으키네.

네 잘못이 매 맞아 죽어 말지라도 잠간 용서하노니

다시는 존전尊前 앞에서 버릇없이 말장난하지 말라.

| 감상 |

　시골(化外) 훈장을 꼬집어 훈계를 하는데, 시골 산중 보잘것없는 훈장이 대문장가의 문장을 꼬집고 불평을 하는 것을 보고, 종지에 바닷물을 떴다고 해서 그것을 바다라 할 수 없듯이, 선비면 다 같은 선비라고 할 수 있느냐 하고 훈계를 한다. 더구나 소귀에 경 읽기 같은 너, 너 같은 훈장이 무얼 안다고 그렇게 유세를 떠느냐 하는 것이 이 시의 내용이다. 다시는 어른 앞에 버릇없는 말장난 같은 걸 하지 말라는 존엄한 훈계를 내린다.

| 도움말 |

　김삿갓이 강원도 어느 서당을 찾아가니 마침 훈장이 학동들에게 고대의 문장을 강론하고 있는데 주제넘게도 그 문장을 천시하는 말을 하고, 김삿갓을 보자 멸시를 하는 눈치를 보이는 것이 아닌가? 이에 훈장의 허세를 꼬집는 시를 지었다. ・고사姑舍 : 잠시 용서하다. 姑는 여기서는 '잠시'의 뜻이며, 舍는 '그만두다'의 뜻임. ・여배蠡盃 : 표주박. 종지.

020

訓長
훈 장

世上誰云訓長好리요　無烟心火自然生이라.
세 상 수 운 훈 장 호　　무 연 심 화 자 연 생

日天日地靑春去하고　云賦云詩白髮成이라.
왈 천 왈 지 청 춘 거　　운 부 운 시 백 발 성

雖誠難聞稱道賢하고　暫離易得是非聲이라.
수 성 난 문 칭 도 현　　잠 이 이 득 시 비 성

掌中寶玉千金子로　請囑撻刑是眞情이라.
장 중 보 옥 천 김 자　　청 촉 달 형 시 진 정

훈장

세상에 그 누가 훈장을 좋다고 했나?

내〔煙氣〕 없는 심화心火가 저절로 일어나네.

하늘 천 따지 하다가 청춘이 늙어가고

시와 문장 일컫다가 백발이 다 되었네.

정성껏 가르쳐도 칭찬받기 어렵고

잠시 자리 뜨면 시비 듣기 십상이네.
손바닥 위의 보배 같은 천금 자식 맡겨 놓고
매질해서 가르쳐 달라는 게 부모의 진정일세.

| 감상 |

어느 시대 어느 때나 선생은 고달프다. 선생이 훈장이라면 그때의 훈장
은 정말 고달팠다. 아이들을 가르치다 보면 자기도 모르게 심화가 일어나
고, 하늘 천 따지 하다 보니 어느덧 청춘이 다 지나갔다. 정성을 다해도 칭
찬은커녕 잠시만 자리를 떠도 선생 욕하기가 일쑤다. 학부형은 매질하여
가르쳐 달라고 하지만 이것은 부모의 심정이요 사실과는 달랐다. 그래서
훈장하기 어려움을 이 시를 통해 나타내고 있다.

| 도움말 |

무연심화無煙心火는 연기나지 않게 탄다는 훈장의 마음이며, 운부운시云賦云詩
는 부가 어떻고, 시가 어떻다 하고 설명함. 장중보옥掌中寶玉은 이 세상에 가장
보배로운 것이니 여기서는 자식을 말함이요, 달형撻刑은 매를 친다는 뜻임.

021

嘲, 山村學長
조 산 촌 학 장

山村學長太多威하여　高着塵冠揷唾投라.
산 촌 학 장 태 다 위　　고 착 진 관 삽 타 투

大讀天皇高弟子하고　尊稱風憲好明儔라.
대 독 천 황 고 제 자　　존 칭 풍 헌 호 명 주

每逢兀字憑衰眼하고　輒到巡杯藉白鬚라.
매 봉 올 자 빙 쇠 안　　첩 도 순 배 자 백 수

一飯黌堂生色語하니　今年過客盡楊州라.
일 반 횡 당 생 색 어　　금 년 과 객 진 양 주

산꼴 훈장을 놀리다

산골 훈장은 너무도 위엄이 많아서

떨어진 갓 높이 쓰고 가래침 탁, 탁 내뱉는다.

사략史略을 읽는 놈이 가장 높은 제자인데

풍헌風憲이라고 불러 주는 그런 친구도 있었다.

갑자기 모르는 글자 나타나면 '눈 어둡다' 핑계 대고

문득 술잔 돌 때에는 백발 빙자 잔 먼저 받네.

서당에서 주는 밥 한 그릇, 생색내며 하는 말이

올해 나그네는 모두가 서울 사람이라 하네.

| 감상 |

　김삿갓이 찾아간 산골 서당에는 그야말로 '산골 훈장'이 있었다. 쉽게 찾아간 곳이 서당이요, 만나는 사람이 훈장이었다. 훈장도 가지각색, 이 시골 훈장을 조롱하는 시이다. 떨어지고 먼지가 뽀얗게 앉은 갓을 쓰고는 가래침을 내뱉으면서 앉은 품이 시골 훈장 그대로다. 책은 사략을 읽는 학동이 높은 제자이고 풍헌이라 불러주는 생도도 있었다. 모르는 글자가 나오면 눈이 어둡다 어물어물하고, 술잔이 돌 때는 백발을 빙자하여 제일 먼저 받았다. 밥 한 그릇을 주고는 생색을 내는 그런 훈장이었다.

| 도움말 |

　'천황'은 태고라 천황씨로 시작되는 '사략'을 말한다. 풍헌風憲은 조선시대 향직鄕職의 하나였다. 김삿갓은 방랑 도중 훈장 경험을 하기도 했는데, 훈장에 대한 그의 감정은 호의적이지 못해서 얄팍한 지식으로 식자識者인 체하는 훈장을 조롱하는 시가 여럿 있다. 삽타揷唾는 침을 내뱉다. 횡당黌堂은 서당을 말함.　•黌: 학교 횡.　•兀: 오뚝할 올.　•명주明儔: 똑똑한 친구. 즉 친구를 말함.

022

可憐妓詩
가 련 기 시

可憐行色可憐身이   可憐門前訪可憐이라.
가 련 행 색 가 련 신   가 련 문 전 방 가 련

可憐此意傳可憐이면   可憐能知可憐心이라.
가 련 차 의 전 가 련   가 련 능 지 가 련 심

기생 '가련'에게 주는 시

가련한 행색의 가련한 이 몸이

'가련'의 문 앞에 '가련'을 찾아왔네.

가련한 이 내 뜻을 '가련'에게 전하면

'가련'이가 이 가련한 마음을 알아주겠지.

| 감상 |

　김삿갓은 함경도 단천에서 한 선비의 호의로 서당을 차리고 3년을 머물
었는데 '가련'은 이때 만난 기생의 딸이다. 그의 나이 스물셋. 힘든 방랑
길에서 모처럼 갖게 되는 안정된 생활과 아름다운 젊은 여인과의 사랑이

있었다. 그러나 그 어느 것도 그의 방랑벽은 막을 수 없었으니 다시 삿갓을 쓰고 정처 없는 나그네 길을 떠나가게 되었다.

| 도움말 |

〈가련〉이란 말이 두 번 나온다. 하나는 불쌍하고 '예쁘다'의 '가련하다'의 〈가련〉이요, 또 하나는 기생 이름으로서의 〈가련〉이다.

▲함경도 단천의 모습을 그린 지도

023
離別
이 별

可憐門前別可憐하니 可憐行客尤可憐이라.
가 련 문 전 별 가 련　　　가 련 행 객 우 가 련

可憐莫惜可憐去하라 可憐不忘歸可憐이라.
가 련 막 석 가 련 거　　　가 련 불 망 귀 가 련

이별

'가련'의 문 앞에서 '가련'과 이별하려니

가련한 나그네의 행색이 더욱 가련하구나.

'가련'아, 가련한 이 몸 떠나감을 슬퍼하지 말라.

'가련'을 잊지 않고 '가련'에게 다시 오리니.

| 감상 |

　'가련'과의 이별을 시화한 작품이다. 김삿갓다운 작품이란 생각이 든
다. 정이 든 '가련'을 이별하려니 가련한 생각이 든다. '가련'아 '가련'아
너무 가련하게 생각하지 말게나. 내 '가련'을 잊지 않고 꼭 '가련'을 찾아

오겠다는 내용의 시다. 그 후에 김삿갓은 '가련' 이를 찾아왔는지 어쨌는지는 아무도 모른다. 이런 시의 구조가 가장 김삿갓다운 느낌을 준다.

| 도움말 |

이 시 역시 '가련' 이 두 번 나온다. 하나는 '가련하다' 의 가련이요, 다른 하나는 기생의 이름으로 〈가련〉이다.

024
贈,某女
증 모 녀

客枕蕭條夢不仁하니　滿天霜月照吾隣이라.
객 침 소 조 몽 불 인　　만 천 상 월 조 오 린

綠竹靑松千古節이요　紅桃白李片時春이라.
녹 죽 청 송 천 고 절　　홍 도 백 리 편 시 춘

昭君玉骨胡成土하고　貴妃花容馬嵬塵라.
소 군 옥 골 호 성 토　　귀 비 화 용 마 외 진

世間物理皆如此하니　莫惜今宵解汝身하라.
세 간 물 리 개 여 차　　막 석 금 소 해 여 신

어느 여인에게

나그네 잠자리 너무 쓸쓸해 꿈자리도 좋지 못한데

하늘 가득 차가운 달마저 온 이웃을 비추네.

푸른 대와 푸른 솔은 천고의 절개요

복사꽃 살구꽃은 한때의 봄빛이로구나.

왕소군의 예쁜 모습도 오랑캐 땅에 가서 묻히고

양귀비의 꽃 같은 얼굴도 마외의 티끌이 되었네.

세상의 모든 이치가 다 이와 같거늘

오늘 밤 그대 옷 벗는 것을 애석히 여기지 말게나.

| 감상 |

제목이 '어느 여인에게 주는 시'로 되어있다. 김삿갓이 어느 여인을 만나니 마음에 들었던 모양이다. 나그네가 되어 쓸쓸한 밤에 달은 하늘에 가득하고 복사꽃 살구꽃이 피어있는 좋은 밤에 나 그대를 사랑하고 싶은데 어떠냐? 고 묻는다. 왕소군도 죽고 양귀비도 죽어 없어져 버린, 이런 세상 이치를 안다면 '그대 오늘 밤 나를 위해 옷을 한 번 벗어다오'라고 말한다.

| 도움말 |

왕소군은 한나라 원제元帝의 궁녀로 오랑캐 땅 흉노 선우單于에게 시집가서 죽었고, 양귀비도 안녹산의 난으로 마외馬嵬에서 죽고 말았다.

김삿갓이 전라도 어느 마을을 지나다가 날이 저물어 커다란 기와집을 찾았는데 주인은 나오지 않고 계집종이 나와서 저녁상을 내다 주었다. 밥을 다 먹은 뒤에 안방 문을 열어보니 소복을 한 미인이 있었는데 독수공방하는 나이 어린 과부였다. 밤이 깊은 뒤에 김삿갓이 안방에 들어가자 과부가 놀라 단도를 겨누었다. 김삿갓은 한양으로 과거 보러 가는 길인데 목숨만 살려 달라고 하자 여인이 운자韻字를 부르자 이 시를 지었다고 한다. 그 이후의 일은 상상에 맡기기로 한다.

▲ 왕소군(王昭君)

025

街上初見 ❶
가 상 초 견

街上相逢時目明하여 有情無語似無情이라.
가 상 상 봉 시 목 명　　유 정 무 어 사 무 정

踰墻鑿穴非難事나 已許農夫更不更이라.
유 장 착 혈 비 난 사　　이 허 농 부 갱 불 경

길에서 처음 만난 여자 ❶

길에서 만난 그 여자 눈이 아름답게 빛나서
정은 있어도 말없이 그냥 무정한 듯하였다네.
담을 뛰어넘어 벽을 뚫는 것은 어렵지 않으나
이미 농부에게 허락한 몸, 다시 바꿀 수 없겠구나.

| 감상 |

　김삿갓이 길을 가다가 눈이 맑고 고운 여인을 만났다. 마음에 있어도 없
는 듯이 무정하게 지나치고 말았다. 뒤따라가서 그 집을 알아놓고 밤에 몰
래 담을 넘고 벽을 뚫고 들어가서 그 여인과 만나 정을 나누고 싶었으나 그

여인은 이미 남편인 농부에게 허락한 몸이라 다시 바꿀 수 없겠다는 마음으로 돌아서고 말았다는 내용의 시다.

| 도움말 |

• 유장착혈踰墻鑿穴 : 맹자에 나오는 말로서 남의 집 부녀자를 보려고 울을 넘어 담에 구멍을 낸다는 말임.

026

街上初見 ❷
가 상 초 견

幽風七月誦分明하니　客駐程驂忽有情이라.
빈 풍 칠 월 송 분 명　　객 주 정 참 홀 유 정

虛閣夜深人不識하니　半輪殘月已三更이요. ─金笠詩
허 각 야 심 인 불 식　　반 륜 잔 월 이 삼 경

難掩長程十目明이니　有情無語似無情이라.
난 엄 장 정 십 목 명　　유 정 무 어 사 무 정

踰墻穿壁非難事나　已與農夫誓不更이라. ─女人詩
유 장 천 벽 비 난 사　　이 여 농 부 서 불 경

길에서 처음 만난 여자 ❷

그대가 '시경' 빈풍幽風장을 똑똑히 외우니

이 나그네 길 멈추고 사랑하고픈 마음 생겨났네.

빈집에 밤 깊으면 사람들도 모를 테니

삼경쯤 밤 되면 반달도 지게 될 것이요. ─김삿갓

길에는 지나는 사람 많아 눈 가리기도 어려우니

마음 있어도 말 못해 마음 없는 것 같이 하세요.

담 넘어 벽을 뚫고 들어가기 어려운 일 아니지만

내 이미 농부와 불경이부不更二夫, 다짐한 몸이라오. – 여인

| 감상 |

　김삿갓이 길을 가는데, 밭에서 여인들이 김을 매고 있었다. 그중 어느 여인이 시경 '빈풍장' '칠월'을 줄줄 외우고 있었다. 김삿갓이 그 여인에게 호감이 있어 넌지시 오늘 밤 늦게 빈집에서 만나자고 했다. 그 여인이 보내온 글에 하되, 담을 넘어가기는 어렵지 않지만 내 남편과 불경이부 언약함이 있어 못 간다고 말했다.

| 도움말 |

　김삿갓이 앞 구절의 시를 지어 그 여인의 마음을 떠보았다. 그러자 여인이 뒤의 구절을 지어 남편과 다짐한 불경이부不更二夫의 맹세를 저버릴 수 없다고 거절하였다. '빈풍豳風'은 시경의 제15장이요, '칠월'은 그 첫 구절임. •십목十目 : 여러 사람의 눈을 말함. 보는 사람이 많다는 뜻이다. 유장착혈踰墻鑿穴로 된 곳도 있다.

027

詠影
영 영

進退隨儂莫汝恭하니
진 퇴 수 농 막 여 공

汝儂酷似實非儂이라.
여 농 혹 사 실 비 농

月斜岸面驚魁狀하고
월 사 안 면 경 괴 상

日午庭中笑矮容이라.
일 오 정 중 소 왜 용

枕上若尋無覓得이라도
침 상 약 심 무 멱 득

燈前回顧忽相逢이라.
등 전 회 고 홀 상 봉

心雖可愛終無信타가
심 수 가 애 종 무 신

不暎光明去絶蹤이라.
불 영 광 명 거 절 종

내 그림자를 노래함

들어오고 나갈 때 나를 따라다녀도 고마워 않으니

너와 나는 비슷하지만 진짜 나는 아니로세.

달빛 기울어 언덕에 누우면 도깨비 모양이 되고

한낮에 뜰에 서면 난쟁이 모양으로 우습구나.

자리에 누워서는 찾아도 만나지 못하다가도

등불 앞에서 돌아보면 갑자기 나와 서로 만나네.
마음으로는 사랑하면서도 끝내 믿지 못하다가
광명한 빛이 비치지 않으면 너 자취 감추어지네.

| 감상 |

자기의 그림자를 보고 노래한 시다. 앉으면 따라 앉고 서면 따라 서고 가면 따라오는 그림자여! 너는 참 신기하구나. 깜깜한 밤에 잠자려고 누우면 어디 간 지 간곳 없다가도 등불 앞에서는 다시 따라오는 그림자여. 참 신기하고 귀엽구나. 너는 믿을 수도 없고 미워할 수도 없다가도 빛 밝은 광명한 천지에서 너는 없다가도 다시 나타나는 희한한 존재다.

028
嘲, 地官
조　　지　관

風水先生本是虛하여　指南指北舌飜空이라.
풍 수 선 생 본 시 허　　　지 남 지 북 설 번 공

靑山若有公侯地하면　何不當年葬爾翁고?
청 산 약 유 공 후 지　　　하 불 당 년 장 이 옹

지관을 조롱하다

풍수 선생은 본래 허황한 말만 하는 사람이라
남이다 북이다 가리키며 헛되이 혀만 놀려대네.
청산에 만약 명당자리가 있다면야
어찌하여 너의 아비를 거기 파묻지 않았더냐?

| 감상 |

　풍수를 야유하는 시다. 세상에 지관地官이란 사람들이 헛소리만 늘어놓
는 사람이라, 이렇고 저렇고 혀만 바삐 움직인다는 말은 허언虛言을 한다
는 말이다. 만약에 그렇게 좋은 명당자리(公侯地)가 있다면 어찌하여 너의

아버지는 거기에 장시 지내지 않았느냐 하는 야유를 퍼붓는다.

| 도움말 |

지사〔風水〕를 조롱하는 시다. 설번공舌翻空은 쓸데없이 혀만 놀린다는 말이다.

▲김삿갓 묘
강원도 영월군에 위치

029

嘲, 地師
조   지   사

可笑龍山林處士여　暮年何學李淳風고?
가 소 용 산 임 처 사　모 년 하 학 이 순 풍

雙眸能貫千峰脈하며　兩足徒行萬壑空이라.
쌍 모 능 관 천 봉 맥　양 족 도 행 만 학 공

顯顯天文猶未達하여　漠漠地理豈能通고?
현 현 천 문 유 미 달　막 막 지 리 기 능 통

不如歸飮重陽酒하고　醉抱瘦妻明月中하라.
불 여 귀 음 중 양 주　취 포 수 처 명 월 중

지사를 조롱함

가소롭다. 아, 용산에 사는 임 처사여!

늘그막에 어찌하여 이순풍을 배웠는고?

두 눈으로 능히 일천봉의 산맥을 꿰뚫어 본다면서

두 다리로 헛되게 일만 골짜기를 헤매어 다녔네.

환하게 드러난 천문도 오히려 통달하지 못하면서

막막한 땅속 이치를 어찌 통달했을꼬?

그럴 바에 집에 가서 중양절 술이나 퍼마시고

취하여 밝은 달빛 속에서 빼빼 마른 아내나 한번 안아 주쇼.

| 감상 |

　제목이 '지사를 조롱하다'로 되어 있다. 지사는 지관 혹은 풍수를 말한
다. 첫 구절부터 '가소롭다'로 시작한다. 이 지사의 성이 임씨林氏인 모양
이다. 그래서 가소롭다 임 처사여! 하고 이 시를 시작했다. 이순풍이란 사
람은 당나라 때 달력과 혼천의를 만든 사람이라고 한다. 천문도 통달하지
못하면서 지맥을 통달하다니, 그래서 어찌 풍수가 되겠느냐? 차라리 집에
가서 술이나 마시고 말라빠진 아내나 안아주라는 조롱 섞인 말까지 잊지
않았다.

| 도움말 |

　• 이순풍李淳風 : 당나라 때 사람으로 역
산曆算에 밝았고, 혼천의渾天儀를 만들었
다고 한다. 천체의 형상도 모르면서 땅의
이치를 안답시고 명당이라는 곳을 찾기
위해 수많은 산봉우리와 골짜기를 누비
고 다녔으나 모두 헛수고를 한 것이니 그
만두고 집으로 돌아가라고 조롱을 했다.
　• 쌍모雙眸 : 두 눈을 말함.

▲ 이순풍(李淳風)

제2부

방랑자여, 그대 이름은 김삿갓

030

溺江
요 강

賴渠深夜不煩扉하여　今作團隣臥處圍라.
뇌 거 심 야 불 번 비　　금 작 단 린 와 처 위

醉客持來端膝跪하고　態娥挾坐惜衣收라.
취 객 지 래 단 슬 궤　　태 아 협 좌 석 의 수

堅剛做體銅山局하고　灑落傳聲練瀑飛라.
건 강 주 체 동 산 국　　쇄 락 전 성 연 폭 비

最是功多風雨曉하니　偸閑養性使人肥라.
최 시 공 다 풍 우 효　　투 한 양 성 사 인 비

요강

그로 말미암아 깊은 밤 사립문 번거롭게 여닫지 않아

지금도 그를 이웃하여 잠자리 함께하게 되었구나.

술 취한 사내는 너에게 단정히 무릎을 꿇고

아름다운 여인네는 너 끼고 앉아 살며시 옷자락을 걷네.

단단한 그 모양은 구리산의 형국이요

시원하게 떨어지는 소리 비단 폭포 그것이라네.
비바람 치는 새벽에 가장 공이 많았으니
가볍고 여유로운 성품 기르며 사람을 살찌게 하네.

| 감상 |

요강에 대한 고마움을 시로 표현했다. 지금은 사라져가는 그릇이지만
옛날에는 정말 필요한 생활도구였다. 술 취한 사내와 아름다운 여인네가
사용하는 이 기구는 필수도구의 하나였다. 여자가 시집갈 때 가마에도 넣
고 가며 혼수품으로도 이 요강이 꼭 필요했다. 비바람 치는 새벽에 너의
공이 가장 크다고 김삿갓은 말하고 있다.

| 도움말 |

오줌을 모아 거름을 하고 또 비바람 치는 새벽에도 문밖에 나가지 않고 편안히
일을 보게 하므로 사람을 살찌게 한다고 했다. 그때까지 어느 누구도 다루지 않
았던 생활 주변에서 쉽게 볼 수 있는 것들을 소재로 택하여 자유자재로 표현했
다. •거渠 : 그, 혹은 그것. •偸(투) : 가볍다. •투한偸閑 : 가볍고 한가함. 그래
서 여유로움으로 풀이했다.

▲ 조선시대의 요강(溺江)

031

博
박

詩友酒朋意氣同하면　戰場方設一堂中이라.
시 우 주 붕 의 기 동　　전 장 방 설 일 당 중

飛包越處軍威壯하고　猛象蹲前陣勢雄이라.
비 포 월 처 군 위 장　　맹 상 준 전 진 세 웅

直走輕車先犯卒이면　橫行駿馬每窺宮이라.
직 주 경 차 선 범 졸　　횡 행 준 마 매 규 궁

殘兵散盡連呼將하니　二士難存一局空이라.
잔 병 산 진 연 호 장　　이 사 난 존 일 국 공

장기

술친구 글 친구 의기가 맞으면

바야흐로 마루에서 한바탕 싸움판을 벌이네.

포가 날아오는 곳에 군세가 굳건해지고

사나운 상이 웅크리고 앉으면 진세가 웅걸하네.

전진하는 차가 졸을 먼저 잡아먹으면

횡행하는 준마 한 마리, 궁을 엿보고 있네.

병졸들이 흩어지고 나면 잇달아 장군을 부르니

두 사졸이 못 견디어 장기판이 끝나버리네.

| 감상 |

술친구나 글 친구가 무료한 시간을 이용하여 장기를 두는 모습을 잘 표현하고 있다. 마치 옆에서 장기판을 보는 듯이 선명하다. 차가 움직이고 포가 날아가고 상이 뛰는 모습, 말(馬)이 횡행하는 이 장기판을 묘사하여 그 옛날의 장기판을 연상하게 한다. 포包, 상象, 차車, 마馬의 활약을 잘 묘사하고 있다.

| 도움말 |

주객酒客과 시우詩友가 대청마루에서 장기를 두고 있는 모습을 읊었다. 마치 옆에서 장기판을 보고 있는 듯하다. '戰場方設' 이 '戰場高設' 로 된 곳도 있다.

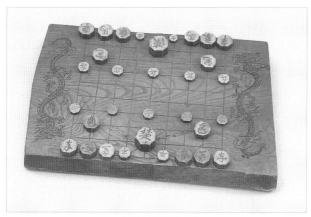

▲ 조선시대의 장기판

032
竹詩
죽　시

此竹彼竹化去竹하고　風打之竹浪打竹이라.
차 죽 피 죽 화 거 죽　　풍 타 지 죽 랑 타 죽

飯飯粥粥生此竹이요　是是非非付彼竹이라.
반 반 죽 죽 생 차 죽　　시 시 비 비 부 피 죽

賓客接待家勢竹이요　市井賣買時勢竹이라.
빈 객 접 대 가 세 죽　　시 정 매 매 시 세 죽

萬事不知吾心竹이요　然然然世過然竹이라.
만 사 부 지 오 심 죽　　연 연 연 세 과 연 죽

대로〔竹〕시

이대로 저대로 되어 가는 대로

바람 치면 치는 대로, 물결치면 치는 대로.

밥이면 밥, 죽이면 죽, 이대로 살아가고

옳으면 옳고, 그르면 그르고, 저대로 맡기리라.

손님 접대는 집안 형세대로,

시장에서 팔고 사는 건 시세대로.

만사를 알지 못하니 내 마음대로

그렇고 그런, 또 그런 세상에 그런대로 지나리라.

| 감상 |

   그렇고 그런 세상에 그런대로 살아가자는 시인의 폭넓은 인생관이 잘 나타나 있다. 바람 불면 부는 대로 물결치면 치는 대로 그렇게 사는 것이 인생이다. 그래서 김삿갓은 '대로인생'이라 할 수 있다. 그리고 세상만사 내 마음대로 살고, 그렇고 그런 세상에서 그렇고 그렇게 살아가라는 깊은 철학이 담겨있다. 누가 김삿갓의 삶에 무슨 철학이 있느냐고 묻지를 말라. 그의 삶에는 하나의 철학이 있었다는 사실을 잊지 말라.

| 도움말 |

   이 시는 한자의 뜻과 음을 빌어 우리말처럼 사용하여 시를 지었고, 시의 규칙이나 고저청탁을 전연 무시했으며, 더구나 운자를 모두 〈竹〉자로 통일한 것이 김삿갓다운 발상이다. 시가 되든 말든 그것이 문제가 아니다. 그의 특유한 구성법으로 세인을 놀라게 한다.

033
年年年去
연 년 연 거

年年年去無窮去하고　日日日來不盡來라.
연 년 연 거 무 궁 거　　　일 일 일 래 부 진 래

年去月來來又去하니　天時人事此中催라.
연 거 월 래 내 우 거　　　천 시 인 사 차 중 최

해마다 해는 가고

해마다 해가 가고 끝없이 가고

나날이 날이 오고 끝없이 또 오네.

해 가고 달이 와서는 왔다가는 또 가나니

천시天時와 인사人事가 이 가운데 재촉하네.

| 감상 |

　이 해가 가고 또 한 해가 가니 해는 끝없이 간다고 했다. 해가 지나가는 것이 쏜살과 같다고 했다. 이 시詩가 바로 그런 것이다. 이렇게 해가 가고 날이 가고, 천시가 가고 인사도 가니 안 가는 것이 없고 남아 있는 것도 없

다. 이렇게 해서 우리 인생은 가고, 이러는 가운데 하늘과 인간의 운명이 이루어진다고 했다. 그래서 김삿갓도 끝없는 방랑으로 떠나가고 있었다. 여기에 인생과 철학이 존재한다.

| **도움말** |

　같은 글자의 반복으로 그 뜻을 규정짓는데 묘미가 있다. 글자를 반복하여 씀으로써 리듬감을 살리고 있음을 알겠다. 〈年年年去無窮去〉 반복의 묘미가 참 멋있다.

034

是是非非詩
시 시 비 비 시

是是非非非是是하고　是非非是非非是니라.
시 시 비 비 비 시 시　　 시 비 비 시 비 비 시

是非非是是非非하니　是是非非是是非니라.
시 비 비 시 시 비 비　　 시 시 비 비 시 시 비

시시비비의 시

옳은 것 옳다 하고 그른 것을 그르다 함이 꼭 옳지 않고

그른 것 옳다 하고 옳은 것 그르다 해도 옳지 않은 건 아니다.

그른 것 옳다 하고 옳은 것 그르다 해도 이것이 그른 것은 아니다

옳은 것 옳다 하고 그른 것 그르다 함이 이것이 바로 시비니라.

| 감상 |

　옳고 그름에 대한 시비이다. 정상적으로 말하면 옳은 것은 옳고, 그른 것은 그른 것이다 하고 말해야 하지만 김삿갓은 그런 것이 아니었다. 옳은 것이 그릇될 수도 있고, 그른 것도 옳게 되는 것이 우리 인간사이다. 그러

니 옳고 그름을 따지는 그 자체부터가 옳은 것이 없다는 논리이다. 세상일이 고금을 통하여 그러한 사실을 얼마든지 있을 수 있고 또 볼 수도 있다.

| 도움말 |

김삿갓이 어느 시장을 지나가다 장사꾼들이 싸우고 있는 현장을 목격했다. 아무것도 싸울 일이 아닌 것을 가지고 잘잘못을 따지고 있었다. 이 사람 말을 들으니 이 말이 옳고, 저 사람 말을 들으니 저 사람 말이 옳았다. 그래서 결과적으로 옳고 그름이 없는 것을 가지고 싸우고 있으니 그것이 시비였다. 그러니 결국 옳고 그름은 처음부터 없다는 것이다.

035

詠笠
영 립

浮浮我笠似虛舟하여　一着平生四十秋라.
부 부 아 립 사 허 주　　일 착 평 생 사 십 추

牧童輕裝隨野犢하고　漁翁本來伴沙鷗라.
목 동 경 장 수 야 독　　어 옹 본 래 반 사 구

醉來脫掛看花樹하고　醒後携登翫月樓라.
취 래 탈 괘 간 화 수　　성 후 휴 등 완 월 루

俗子衣冠皆外飾이나　滿天風雨獨無愁라.
속 자 의 관 개 외 식　　만 천 풍 우 독 무 수

내 삿갓을 노래함

둥둥 떠다니는 내 삿갓은 빈 배와 같아서

한 번 썼다가 사십 평생을 쓰게 되었네.

목동은 가벼운 삿갓 차림으로 소를 끌고 나가고

어부는 본래 갈매기 짝하여 삿갓 쓰고 있었지.

취하면 벗어서 구경하던 꽃나무에 걸고

술이 깨면 들고서 완월루翫月樓에 올라가지.

속인들의 의관은 모두가 겉치레이지만

하늘 가득 비바람 쳐도 나 홀로 걱정 없네.

| 감상 |

시인 김삿갓과 그가 쓰고 있는 삿갓은 불가분의 관계에 있다. 삿갓 하면 김립이요, 김립 하면 김삿갓이요, 김삿갓 하면 방랑의 시인을 생각하게 된다. 그래서 이 김삿갓은 그의 삿갓이 상징하는 시인이다. 그래서 그는 삿갓이 그의 운명이기도 하다. 한 번 썼다가는 40평생을 쓰고 다녔으니 그럴 만하지 않은가? 일반인이 쓰는 의관은 예의와 법도와 겉치레이지만 김립 시인의 삿갓은 그런 것이 아니고 하늘을 막고 비바람을 막고 세상을 막고서 살아가는 도구인 것이다.

| 도움말 |

김립 김병연은 하늘을 볼 수 없는 죄인이라 하여 머리에 삿갓을 쓰고 조선 팔도를 방랑하게 되었으니 그에게는 삿갓이 인생이요 운명이었다.

036

二十樹下
이 십 수 하

二十樹下三十客이 四十家中五十食이라.
이 십 수 하 삼 십 객   사 십 가 중 오 십 식

人間豈有七十事요 不如歸家三十食이라.
인 간 기 유 칠 십 사   불 여 귀 가 삼 십 식

스무 나무 아래

스무 나무 아래 서러운 나그네가

망할 놈의 집에서 쉰밥을 먹는구나.

인간에 어찌 이런 일이 있는가?

집으로 돌아가 썬 밥 먹기만 같지 못하리.

〈욕으로 풀이〉

이 씹 년의 나무 아래 서러운 나그네가

망할 년의 집에서 쉰밥을 먹네.

인간 세상에 어찌 이런 일이 있으랴

차라리 집으로 돌아가 썬 밥 먹기만 못하리.

김삿갓이 어느 집에 가서 걸식을 했다. 그 집에서 주는 밥이 쉰밥을 주었기에 그래도 참고 나무 아래서 그 밥을 다 먹었다. 먹고 나니 속이 상하여 이 시를 써서 그 집 대문 앞에다 붙여놓고 가버렸다.

이 썹 년의 나무 아래서 / 서러운 나그네가 / 망할 년의 집에서 / 쉰 밥을 먹었구나! / 인간에 어찌 이런 일이 있을 수 있는가? / 이럴 바에야 집에 가서 썬 밥 먹기만 같지 못하겠네.

| 도움말 |

김삿갓은 쉰밥을 주는 그 집이 한없이 미웠을 것이다. 그러나 그는 얻어먹는 거지 신세였다. 거지로서 어쩔 수 없는 일이지만 욕이라도 한바탕 하고 싶은 심정이었으리라. 〈二十樹下 三十客〉에 대한 풀이가 구구하다. '二十樹下'를 심은 나무로 풀이하는가 하면, '스무 그루의 나무'로 풀이하는 사람도 있었다. 그러나 시인 정공채는 "이 썹 년의 나무'로 풀이하여 그것이 정석이라고 한 사람이 더 많았다. 또 '三十食'에 대한 이론도 있다. '서러운 밥'으로, 혹은 '썬 밥'으로 풀이하는 사람도 있다.

037

無題
무　제

四角松盤粥一器가　天光雲影共徘徊라.
사 각 송 반 죽 일 기　천 광 운 영 공 배 회

主人莫道無顏色하라　吾愛靑山倒水來라.
주 인 막 도 무 안 색　오 애 청 산 도 수 래

얻어먹는 죽 한 그릇

사각 소반 위에 희멀건 죽 한 그릇

하늘에 뜬구름 그림자가 그 안에 함께 떠도네.

주인이여, 미안하다고는 아예 생각하지 마시오

물속에 비치는 청산을 내 본디 참 좋아한다오.

| 감상 |

　하루 종일 떠돌다가 고개를 넘으니 마을이 하나 나왔다. 그 마을을 찾아
간 시간은 저녁때였다. 주인께 인사를 하고 '과객이니 저녁을 좀 주시오
하니' 그 집주인이 사각 소나무 반에다 죽을 한 그릇을 담아내 온다. 다 못

살던 시절이니까 죽인들 어떠하랴. 그러나 그 죽이 희멀건 죽이어서 넘어가는 저녁 하늘이 온통 죽 그릇에 비치고 있었다. 주인은 미안하다며 살기 어려우니 이런 죽이라도 요기하시오 하고 미안하게 말을 한다.

| 도움말 |

김삿갓은 고맙다며 죽 한 그릇을 다 먹고 이 시를 남겼다고 한다. "나는 본래 물속에 비치는 청산을 참 좋아한다오." 하고는 오히려 주인을 위로하고 있다. •천광운영天光雲影 : 맑은 하늘에 비친 구름. 즉, 죽 그릇에 온 하늘이 내려와 비친다는 뜻.

▲김삿갓 조형물
강원도 영월군 김삿갓문학관에 위치

038

自歎 ❷
자 탄

九萬長天擧頭難하고　三千地闊未足宣이라.
구 만 장 천 거 두 난　　삼 천 지 활 미 족 선

五更登樓非翫月이요　三朝辟穀不求仙이라.
오 경 등 루 비 완 월　　삼 조 벽 곡 불 구 선

스스로 탄식하다 ❷

구만 리 넓은 하늘 머리 들기 어려웠고

삼천리 넓은 땅도 다리 뻗지 못하겠네.

새벽에 누에 오름은 달구경함이 아니오며,

사흘을 굶은 것도 신선 되려는 게 아니라오.

| 감상 |

　스스로 탄식한다는 내용의 시다. 삿갓을 썼기에 머리 들기도 어렵고, 땅이 아무리 넓어도 발 뻗기가 어렵다네. 이렇게 방랑생활하는 게 어렵다고 하소연하고 있다. 굶기를 밥 먹듯 하는 것은 내가 신선되기 위함이 아니라

는 말이 측은하기까지 하다. 김삿갓 자신의 신세타령이라 생각하면 좋겠
다.

구만장천과 삼천지활은 '天長九萬里요 地闊三千界'에서 인용한 것임. 완월翫
月은 달구경한다는 뜻이요, 삼조벽곡三朝辟穀은 사흘을 굶었다는 뜻이다.

039
破字詩 ❶
파 자 시

難之難之蜀途難하니　世上難之大同難이라.
난 지 난 지 촉 도 난　　　세 상 난 지 대 동 난

我年七歲失父難하고　吾母靑春寡婦難이라.
아 년 칠 세 실 부 난　　　오 모 청 춘 과 부 난

파자 시 ❶

어렵다, 어렵다 해도 촉나라 가는 길이 어려우니,

세상 어려운 일 가운데 대동단결이 더 또 어렵다네.

내 나이 일곱 살에 아버지 돌아가서 어려웠고

우리 어머니 청춘에 과부 되어 어려웠다네.

| 감상 |

　어려울 難자를 운자로 사용하여 파격적인 시를 썼다는 것이 특색이 있고, 이 시인의 재치를 짐작할 수 있다. 첫째가 '촉도난'이요, '대동단결'이 또한 어렵다는 것이다. 아버지 돌아가시고 본인이 어려움을 겪었다는 것

이요, 어머니가 과부 되어 어려움을 겪었다는 것이다. 그러니 결국 사난四
難을 말하는 것이다.

| 도움말 |

김삿갓이 이 시를 짓는데, 상대방이 '難'자를 같은 운자로 불렀기에 정말로 어
렵게 지은 시이다. 같은 운자를 네 군데나 넣은 것은 파격 중에 파격이다. 촉도
난蜀途難은 이백이 지은 악부의 이름으로 그는 촉나라 사람으로서 촉도의 험함
을 알고 이를 상세히 진술하여 현종황제를 풍자하였다.

▲ 현종(玄宗)

040

貧吟
빈 음

盤中無肉權歸菜하고　廚中乏薪禍及籬라.
반 중 무 육 권 귀 채　　주 중 핍 신 화 급 리

姑婦食時同器食하고　出門父子易衣行이라.
고 부 식 시 동 기 식　　출 문 부 자 역 의 행

가난을 노래함

밥상에는 고기 없어 채소가 기승부리고

부엌에는 땔나무 없으니 울타리가 화를 입네.

시어미와 며느리가 한 그릇에 밥을 먹고

부자간 외출할 때에 옷 바꿔 입고 나가는구나.

| 감상 |

　가난을 잘 표현한 시다. 밥상에는 모두 식물성이요 고기라고는 하나도 없다. 그릇이 없어 바가지에 밥을 시어머니와 며느리가 함께 먹고 외출할 때는 부자가 옷을 바꿔가면서 입고 나간다니 정말 찢어지게 가난한 집이

다. 이때에는 서민의 생활이 이러했으리라는 추측도 가능하다.

| 도움말 |

　권귀체權歸菜라는 말이 재미있다. 모두 나물뿐이라는 표현이다. 화급리禍及籬라
는 말에서는 땔나무가 없어 울타리를 뜯어 땐다는 뜻으로 울타리가 그 화를 입
는다고 표현했다.

041

自傷
자 상

哭子靑山又葬妻하니 風酸日薄轉凄凄라.
곡 자 청 산 우 장 처   풍 산 일 박 전 처 처

忽然歸家如僧舍하여 獨擁寒衾坐達鷄라.
홀 연 귀 가 여 승 사   독 옹 한 금 좌 달 계

스스로 마음 아파서

아들을 청산에 묻고 또 아내마저 보냈으니

바람 차고 날 저무니 더욱 쓸쓸하여라.

홀연 집으로 돌아와 보니 마치 절간 같아서

혼자 찬 이불 끌어안고 닭 울 때까지 앉았어라.

| 감상 |

　스스로 마음 아파한다는 내용이다. 아들 죽고 아내마저 죽어 청산에 묻

고 나니, 날이 저물어 날씨마저 추워 바람은 부는데 홀연히 집으로 돌아와

보니 너무나 쓸쓸하여 마치 절간에 온 기분이었다. 혼자서 이불 껴안고 밤

을 새우는 그 마음은 안쓰럽기까지 하다.

| 도움말 |

풍산風酸은 바람이 차가워 괴롭다는 말이니, 산酸은 괴롭다는 뜻임. 처처凄凄는
매우 쓸쓸한 모습이다.

▲난고정(蘭皐亭)사당
강원도 영월군에 위치

042

見, 乞人屍
건 걸 인 시

不知汝姓不知名하니　何處青山子故鄉고?
부 지 여 성 부 지 명　　하 처 청 산 자 고 향

蠅侵腐肉喧朝日하고　烏喚孤魂弔夕陽이라.
승 침 부 육 훤 조 일　　오 환 고 혼 조 석 양

一寸短節身後物이요　數升殘米乞時糧이라.
일 촌 단 공 신 후 물　　수 승 잔 미 걸 시 량

寄語前村諸子輩하니　携來一簣掩風霜하라.
기 어 전 촌 제 자 배　　휴 래 일 궤 엄 풍 상

죽은 거지의 시체를 보고

그대의 성을 몰라, 이름까지도 내 모르니

고향 산천인들 어디인지 알 수 있으랴?

아침이면 파리 떼가 썩은 몸에 달라붙고

저녁에는 까마귀 떼 조문하듯 울고 가네.

한 자 남짓 지팡이가 그가 남긴 유산이요

두어 되 남은 쌀이 빌어먹던 양식일세.

앞마을 사람들께 이 말 한마디 전하노니

흙 한 삼태기 날라다가 비바람이나 가려주오.

| 감상 |

죽은 거지의 시체를 보고 읊은 시이다. 사람은 누구나 죽으면 불쌍하게
마련이다. 더구나 거지의 시체를 보고 그냥 지나칠 사람이 어디 있겠는가.
김삿갓도 역시 마찬가지였다. 이름도 모르고 성도 모르는 죽은 거지의 시
체 앞에 남은 거라고는 그가 남긴 지팡이요, 얻어 놓은 한 줌 양식이었다.
그것이 그 거지의 유산이다. 앞마을 여러 사람들아 흙 한 삼태기 떠다가
비바람이나 막아주오 하고 부탁하는 사람은 김삿갓이었다. 즉, 이 거지를
묻어달라는 김삿갓의 부탁이다.

| 도움말 |

• 笻 : 지팡이 공.   • 簣 : 삼태기 궤.

043

看鏡
간 경

白髮汝非金進士요? 我亦靑春如玉人이라.
백 발 여 비 김 진 사 　 아 역 청 춘 여 옥 인

酒量漸大黃金盡하고 世事纔知白髮新이라.
주 량 점 대 황 김 진 　 세 사 재 지 백 발 신

거울을 보며

백발의 모습 너는 김진사가 아니더냐?

그때는 나 역시 옥 같은 청춘이었지.

주량이 차츰 늘어 돈은 다 떨어지고

세상사로 늘어난 백발 이제 겨우 알겠구나.

| 감상 |

　거울을 본다는 것이 이 시의 제목이다. 거울을 보는 것은 자기를 본다는 것을 말한다. 거울을 보며 자기를 반성해보는 것이 이 시의 주제이다. 백발로 변한 모습은 내 모양이 아니라고 일단은 부정해 본다. 그러나 자기는

자기이다. 나는 항상 청춘으로 알고 있었는데 오늘 거울을 보니 처량한 내 모습이었다. 백발이 늘어난 것을 이제야 알겠다고 일단 인정을 하고 있다.

| 도움말 |

어느 날 거울을 보고 자기가 늙어 있음을 새삼 알게 되었다. 재지纔知는 이제야 겨우 알겠다.　• 纔(재) : 겨우.

044

難貧
난　빈

地上有仙仙見富요　人間無罪罪有貧이라.
지 상 유 선 선 견 부　　인 간 무 죄 죄 유 빈

莫道貧富別有種하라　貧者還富富還貧이라.
막 도 빈 부 별 유 종　　빈 자 환 부 부 환 빈

가난

지상에 신선이 있으니 부자가 신선으로 보이고

인간에게는 죄가 없으니 가난이 죄일세.

가난뱅이와 부자가 따로 있다고 말하지 말게

가난뱅이도 부자 되고, 부자도 가난해진다네.

| 감상 |

　가난과 부자는 종이 한 장 차이밖에 안 된다. 가난과 부자가 따로 없고 가난뱅이가 부자가 되고, 부자가 다시 가난뱅이가 된다는 간단한 철리다. 이 세상엔 신선이 따로 없고 부자가 신선이요, 인간 세상엔 죄인이 따로 없

으니 가난이 죄인이라는 것이다. 그래서 세상의 변화는 가난과 부자, 부자
와 가난의 관계로 이루어져 있다. 유전무죄, 무전유죄란 말이 있지 않는
가?

| 도움말 |

　제목이 '難貧'이다. 다른 책에서는 '艱貧'이라고 된 곳도 있다. 이 말은 '지극
한 가난'을 말함이니, 어렵고 가난함을 말함이다.

045
雪中寒梅
설 중 한 매

雪中寒梅酒傷妓하고　風前槁柳誦經僧이라.
설 중 한 매 주 상 기　　풍 전 고 류 송 경 승

栗花已落尨尾短하고　榴花初生鼠耳凸이라.
율 화 이 락 방 미 단　　류 화 초 생 서 이 철

눈 속에 핀 매화

눈 속에 핀 매화는 술에 취한 기생년 같고

바람 앞에 마른 버들은 불경 외는 중놈 같구나.

떨어지는 밤꽃은 짧은 삽살개 꼬리와 같고

석류꽃 처음 피니 쥐새끼 귀가 뾰족한 것 같네.

| 감상 |

　눈 속에 피는 매화를 읊은 시다. 여기서는 직유법을 많이 사용하고 있다. '눈 속에 피는 매화는 술에 취한 기생년 같고, 바람 앞에 마른 버들은 경 읽는 중놈과 같다. 그리고 떨어지는 밤꽃은 삽살개 꼬리 같고, 피어나는

석류꽃은 쥐의 귀처럼 뾰족하다고 했다. 전면에 흐르는 비유법은 시인으로서의 그의 능력을 발휘하고 있다.

| 도움말 |

・尨 : 삽살개 방. ・凸 : 뾰족할 철. '已落'을 '落花'로 된 곳도 있다.

046

問, 杜鵑花消息
문 두 견 화 소 식

問爾窓前鳥하니　何山宿早來오?
문 이 창 전 조　　　하 산 숙 조 래

應知山中事리니　杜鵑花發耶아.
응 지 산 중 사　　　두 견 화 발 야

두견화 소식을 묻다

창 앞에 너 새에게 묻노니

어느 산에서 자고 일찍 왔느냐?

산속의 일을 너는 잘 알겠구나!

산에 진달래꽃이 얼마나 피었더냐?

| 감상 |

　'두견화 소식이' 란 아주 깨끗한 한 편의 시다. 모두 의문형으로 시작하
여 의문형으로 끝을 내고 있다. 현대 시인도 이런 시상을 펴기 어려운데
한시로서 이만한 시상을 전개하기란 그리 쉽지 않다. 아무래도 김삿갓의

시와는 느낌이 좀 다른 것 같다.

| 도움말 |

여류시인 박죽서(1827년 이전-1847년 이후)의 〈죽서시집〉에 〈십세작〉이란
시가 실려 있다.

창밖에서 우는 저 새야
간밤엔 어느 산에서 자고 왔니?
산속 일을 네가 잘 알겠구나,
진달래꽃이 피었는지? 안 피었는지?
窓外彼鳥啼, 何山宿便來.
應識山中事, 杜鵑開未開.

〈죽서시집〉은 1851년에 편집되었는데, 이 시가 널리 전하다가 몇 자 바뀌면서
김삿갓의 시라고 잘못 전해진 듯하다. 김립 시집(필사본)에 수록되어 있기에 여
기 참고삼아 싣는다.

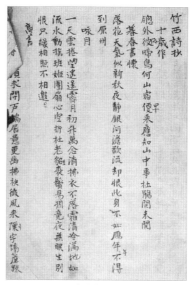

▲죽서시집(竹西詩集)

047

雪
설

天皇崩乎地皇崩이냐?　萬樹靑山皆被服이라.
천 황 붕 호 지 황 붕　　만 수 청 산 개 피 복

明日若使陽來弔하면　家家簷前淚滴滴이라.
명 일 약 사 양 래 조　　가 가 첨 전 루 적 적

눈

천황씨가 죽었느냐 지황씨가 죽었느냐

온 산과 나무가 모두 상복을 입었다네.

내일에 햇빛이 찾아와 조문을 한다면

집집마다 처마 끝에서 눈물 뚝뚝 흘리겠네.

| 감상 |

눈 내린 '설경'을 묘사하고 있다. 눈이 내려 온천지가 하얗게 상복을 갈아 입은듯하다. 아마 임금님이 돌아가셨기에 저렇게 온통 상복을 입은 것이 아니냐? 눈 온 것을 보고 상복을 입은 것으로 표현하는 것은 아마 시대

적 감각이나 풍습이 지금과는 다르기 때문이리라. 날씨가 따뜻하여 처마에 눈 녹은 물이 떨어지는 것을 보고 눈물을 흘린다는 표현은 위의 상복과 관계있는 표현이다. 이렇게 눈 온 설경을 보고 지은 이 시는 나름대로 기발한 시상이 깃든 작품이다.

| 도움말 |

삼황은 天皇氏(천황씨), 地皇氏(지황씨), 人皇氏(인황씨)이다. 고대 중국 전설에 세 임금이 나타났는데, 太昊伏羲氏(태호 복희씨), 炎帝神農氏(염제 신농씨), 皇帝軒轅氏(황제 헌원씨), 이를 또 삼황이라 하기도 한다.

048

金剛山景
금 강 산 경

若使金剛景으로　青山皆骨餘하니
약 사 금 강 경　　청 산 개 골 여

其後騎騷客하여　無興但躊躇하리.
기 후 기 소 객　　무 흥 단 주 저

금강산 경치

만약 금강산 저 경치로 하여금

청산이 모두 뼈만 남게 되었으니,

그 뒤에 나귀 탄 시인이 오게 된다면

흥미 없어 머뭇머뭇 주저하겠네.

| 감상 |

　겨울 금강산을 시화詩化한 것이다. 겨울이 되니 낙엽이 지고 앙상한 금
강산이 뼈만 남았다. 그 좋던 금강산이 뼈만 남아서 볼 것이 없어 말을 타
고 구경 온 나그네가 머뭇거리고 있다는 것을 표현하고 있다. 본래 금강산

은 계절 따라 옷을 바꿔 입는 것이기 때문에 김삿갓은 지금 겨울의 금강산을 보고 있다.

| 도움말 |

금강산의 이름이 봄에는 금강산, 여름에는 봉래산, 가을에는 풍악산, 겨울에는 개골산이라고 하였다. 겨울에는 나뭇잎이 다 떨어지고 바윗돌만 뾰족 솟았기에 개골산이라고 하였다. 봄, 여름, 가을의 금강산 경치를 소문만을 듣고 찾아온 나그네가 뼈만 남은 겨울의 개골산을 보고는 구경할 것이 없어서 머뭇거린다는 뜻이다. 若使(약사)대신에 樂捨(낙사)라고 기록된 곳도 있다.

▲ 금강산(金剛山)

049

入, 金剛 ❶
입　금　강

書爲白髮劒斜陽하니　天地無窮一恨長이라.
서 위 백 발 검 사 양　　천 지 무 궁 일 한 장

痛飮長安紅十斗하고　秋風蓑笠入金剛이라.
통 음 장 안 홍 십 두　　추 풍 사 립 입 금 강

금강산에 들어서다

글 배우다 백발 되고 칼 배우다 황혼 되니

천지는 무궁한데 인간의 한은 끝이 없구나.

장안의 붉은 술 열 말을 실컷 마시고 나서

가을바람에 삿갓 쓰고 금강산에 들어왔네.

| 감상 |

　제목이 '금강산에 들어서다'로 되어 있다. 끝 구절에 가을바람에 삿갓 쓰고 금강산에 들어섰다라고 표현하고 있다. 글도 성공 못하고, 칼도 성공 못하고 장안의 술만 실컷 마시고는 가을바람에 금강산에 왔다는 내용인

데, 결국 김삿갓 자신을 그렇게 표현하고 있다. 자기를 실패한 인생으로 생각하고 여기를 찾았다는 것이다.

| 도움말 |

'책과 칼[書劒]'은 선비가 늘 지니고 다니는 두 가지 도구이다. 무과를 보기 위해서 칼을 배우는 것이 아니라, 장부의 기개를 나타내기 위해서 칼을 배우고 활을 쏘았다.

050

答僧, 金剛山詩
답 승 금 강 산 시

百尺丹岩桂樹下에　柴門久不向人開라.
백 척 단 암 계 수 하　시 문 구 불 향 인 개

今朝忽遇詩仙過하고　喚鶴看庵乞句來라. − 僧
금 조 홀 우 시 선 과　환 학 간 암 걸 구 래

矗矗尖尖怪怪奇요　人仙神佛共堪凝이라.
촉 촉 첨 첨 괴 괴 기　인 선 신 불 공 감 응

平生詩爲金剛惜이나　及到金剛不敢詩라. − 笠
평 생 시 위 금 강 석　급 도 금 강 불 감 시

스님에게 금강산 시를 답하다

백 척 붉은 바위 계수나무 아래에

사립문을 오랫동안 사람에게 열지 않았소.

오늘 아침 우연히 시선께서 지나는 것을 보고

학 불러 암자를 보이게 하고 시 한 수를 청하오. − 스님

우뚝우뚝 뾰족뾰족 기기괴괴하고

인선人仙과 신불神佛이 함께 만났네.

평생 시를 위해 금강산을 아껴 왔지만

금강에 이르러보니 감히 시를 지을 수 없소이다. – 삿갓

| 감상 |

금강산 스님과 김삿갓이 만나서 서로 시 한 수씩을 짓게 되었다. 스님이 먼저 한 수를 짓고 김삿갓이 답시答詩를 지었다. 이것을 화답하는 시라 한다. 스님은 김삿갓을 시선詩仙이라 했고, 김삿갓은 스님을 신불神佛이라 했다.

| 도움말 |

凝(응): 만나다. '모이다' 란 뜻이 있음. '凝' 자 대신 '疑' 자로 된 책도 있다.

051

妙香山詩
묘 향 산 시

平生所欲者何求리오?　每擬妙香山一遊라.
평 생 소 욕 자 하 구　　매 의 묘 향 산 일 유

山疊疊千峰萬仞에　　路層層十步九休라.
산 첩 첩 천 봉 만 인　　로 층 층 십 보 구 휴

묘향산 시

평생에 하고자 함이 무엇이던가?

묘향산에 한 번 노니는 것을 생각했지.

산 첩첩, 천만 봉우리 낭떠러지 길을

한길 층층, 열 걸음에 아홉 번은 쉬어가네.

| 감상 |

　묘향산에 대한 시를 썼다. 평생소원이 묘향산에 한 번 가보는 것이었는데 지금에 그 소원을 이루었다. 김삿갓은 산이 첩첩하고 천길 만인萬仞의 묘향산을 찾아가는데 층층이 난 산 계곡을 열 걸음을 가서는 아홉 번을 쉰

다고 말했다. 묘향산은 그만큼 오르기 어려운 산이라는 것이다.

| 도움말 |

묘향산은 평안북도 영변군 신현면과 백령면 경계에 있는 명산. 단군이 강하했
다는 전설이 있는 산. 보현사를 비롯한 절이 있었고, 서산대사와 사명대사가 있
었던 산. 높이 1,909m의 산이다. '擬'는 생각하다.

▲ 묘향산(妙香山)

052

九月山
구 월 산

昨年九月過九月하고　今年九月過九月이라.
작 년 구 월 과 구 월　　금 년 구 월 과 구 월

年年九月過九月하니　九月山光長九月이라.
년 년 구 월 과 구 월　　구 월 산 광 장 구 월

구월산

지난해 구월에 구월산을 지나왔는데

올해 구월에도 구월산을 지나왔네.

해마다 구월에 구월산을 지나오니

구월산 풍광은 어느 때나 늘 구월일세.

| 감상 |

　김삿갓의 시재가 돋보이는 작품이다. 月자를 운자로 하여 이렇게 쉬운
듯하면서 쓰기 어려운 시를 쓰고 있다. 불과 네 구 밖에 안 되는 시의 내용
이 과거와 현재에, 그리고 미래까지 엿볼 수 있는 산색을 '늘 구월'이라고

▲ 구월산(九月山)

말한 그의 표현이 돋보인다.

| 도움말 |

　구월산은 황해도 신천군 용진면에 있는 산. 단군이 은퇴한 아사달이 이 산이라
고 한다.

053

浮碧樓, 吟
부 벽 루 음

'三山半落靑天外요　二水中分白鷺洲라.'
삼 산 반 락 청 천 외　　이 수 중 분 백 로 주

已矣謫仙先我得하니　斜陽投筆下楊州라.
이 의 적 선 선 아 득　　사 양 투 필 하 양 주

부벽루에서 읊음

'삼산의 반쯤은 허물어진 청산 밖에 기울고
두 물줄기 강물은 백로의 물가에 흘러가네.'
이미 이적선이 내 것을 먼저 가져갔으니
해지는 저녁때 붓 던지고 양주로 내려오네.

| 감상 |

　부벽루에서 읊었다는 시다. 그는 부벽루에 가서 시를 지으려니 옛날 이
적선 이백이 이미 다 지었다는 아쉬움을 남기고 양주로 내려온다는 내용
의 시다. 양주는 김삿갓의 고향이다.

위의 두 구절은 이적선이라 불리는 이백이 지은 시다. 부벽루는 평안남도 평양
시 금수산 동쪽에 있는 고려 초기의 누각이다. 원래 영명사의 부속건물인 '영명
루' 였다. 고려 예종이 신하들과 모여 놀면서 부벽루라고 이름을 고쳤다. 위의
두 구절인 '三山半落靑天外, 二水中分白鷺洲(삼산반락청천외,이수중분백노주)는 당
나라의 시인 이백의 시 '登金陵鳳凰臺(등금릉봉황대)' 에서 그대로 인용한 것이
다. 송나라 시대에 진귀한 새들이 여기에 몰려와 아름답게 울기에, 그 언덕을
'봉황대' 라고 하였다. 진회秦淮의 물줄기가 남경에 이르러 백로주白鷺洲를 끼고
두 줄기로 갈라져 흘렀다. 김삿갓이 지으려고 했던 구절을 이백이 이미 지었다
고 하면서 붓을 내던지고 양주로 내려간다고 했다. '楊州' 대신에 '西樓' 로 된
책도 있다.

▲부벽루(浮碧樓)

054
賞景
상　경

一步二步三步立하니　山靑石白間間花라.
일 보 이 보 삼 보 립　　산 청 석 백 간 간 화

若使畵工模此景이면　其於林下鳥聲何오?
약 사 화 공 모 차 경　　기 어 임 하 조 성 하

경치를 감상하며

한 걸음, 두 걸음, 세 걸음 가다가 서 보니
산 푸르고 바윗돌 흰데, 간간이 꽃이 피어있네.
화가로 하여금 이 경치를 그리게 한다면
숲 속의 새소리는 어떻게 그려야 하지?

| 감상 |

　아름다운 경치를 감상하면서 지은 시다. 한 걸음 두 걸음 다가서면서 저
기 아름다운 경치를 바라보는데, 만약 화가로 하여금 저 경치를 그린다면
보이는 것은 다 그릴 수 있어도 숲 속에서 지저귀는 새소리는 어떻게 그려

야 하지? 하고 의문을 자아낸다. 이 역시 김삿갓의 시적 기교를 가늠할 수
있다.

| 도움말 |

• **畵工**(화공) : 오늘날 화가를 말함.   • **模此景**(모차경) : 이 경치를 그림으로 그린
다면, 제목의 賞은 鑑賞(감상)이다.

055
寒食,登,北樓吟
한 식 등 북 루 음

十里平沙岸上莎에　素衣青女哭如歌라.
십 리 평 사 안 상 사　소 의 청 녀 곡 여 가

可憐今日墳前酒는　釀得阿郎手種禾라.
가 련 금 일 분 전 주　양 득 아 랑 수 종 화

한식날 북루北樓에 올라 시를 읊다

십 리 모래 언덕 사초 꽃이 피어날 때
소복한 젊은 여인이 노래처럼 곡을 한다.
가련하다, 지금 저 무덤 앞에 부은 술이
낭군님 손수 심은 벼로 빚은 술일지 몰라.

| 감상 |

　한식날 북루北樓에 올라 바라보는 정경이다. 여기서 바라보이는 것은
바닷가였다. 해안을 끼고 백사장이 굽어나가고 있는데, 거기서 어느 청상
이 남편의 묘를 만들고 거기서 노래처럼 슬프게 곡哭을 하고 있었다. 저 여

인이여! 그대가 부어놓은 그 술잔의 술은 아마도 너 낭군님이 지은 곡식으로 빚은 술이 아니겠는가? 하고 의문을 자아내고 있다.

| **도움말** |

대개 해안 지방에서는 백사장에 묘를 쓴다. 이 소복한 젊은 청상〔素衣靑女〕은 아마도 어촌의 나이 어린 과부인 듯. 사초莎草의 뿌리는 향부자香附子인데 한약재로 쓰인다. 아랑阿郎은 낭군을 말함.

056

還甲宴
환 갑 연

彼坐老人不似人하니　疑是天上降眞仙이라.
피 좌 노 인 불 사 인 　 의 시 천 상 강 진 선

其中七子皆爲盜라　偸得碧桃獻壽筵이라.
기 중 칠 자 개 위 도 　 투 득 벽 도 헌 수 연

회갑 잔치에서

저기 앉은 저 노인은 사람 같지 않으니

아마 하늘 위에서 내려온 신선이겠지.

그중에 일곱 아들 모두 도둑놈 같구나!

신선이 먹는 복숭아를 훔쳐 헌수상獻壽床에 바쳤으니.

| 감상 |

　환갑잔치에 가서 헌수시를 짓겠다고 하니 주인이 김삿갓을 초대하게 되었다. 헌수시獻壽詩를 부탁하기에 첫 구절에 '저 노인 암만 봐도 사람 같지 않구나'에서 일곱 아들들이 깜짝 놀라 일어섰다. 그런데 다음 구절에서

'하늘에서 내려온 신선 같다' 하니 모두 기뻐하여 손뼉까지 쳤다. 셋째 구절에서 '일곱 아들 모두 도둑놈 같다' 하는 대목에서 일곱 아들이 또 벌떡 일어섰다. 그런데 넷째 구설에서 천상의 복숭아를 훔쳐 헌수 상에 놓았다는 말에 모두 누그러졌다고 한다.

| 도움말 |

환갑잔치에 들린 김삿갓이 시를 짓겠다고 하니 모두 관심 있게 바라보고 있었는데, 김삿갓의 헌수시를 보고 모두 탄복을 했다. 서왕모西王母의 이 복숭아는 천 년에 한 번 열리는데, 이 복숭아를 먹으면 장수한다고 했다. 김삿갓은 이 아들들이 효자라고 칭찬한 것이다. 그래서 여러 사람의 입에 오르내렸던 글이다.
  • 偸 : 훔칠 투. '碧桃' 를 '王桃' 로 쓴 책도 있다. '王桃' 는 '서왕모의 복숭아' 라는 뜻.

057

贈, 還甲筵, 老人
증 환 갑 연 노 인

可憐江浦望하니　明沙十里連이라.
가 련 강 포 망　　명 사 십 리 연

令人個個拾하여　共數父母年하라.
영 인 개 개 습　　공 수 부 모 년

환갑잔치하는 노인에게

아, 멀리 강마을 나루를 바라보니

고운 모래가 십 리나 뻗었구나!

저 모래 하나, 하나, 다 주워다가

부모님 나이 위에 헤아려 보탰으면…

| 감상 |

　노인의 환갑잔치에 가서 헌수시를 지었다. 오언 절구였다. 강가의 아름
다운 모래를 바라보고 그 모래 백사장이 십 리나 되는 것을 모두 주워서 그
숫자만큼 부모의 연수年數에 더하라는 내용이다. 좀 과장되긴 하지만 그

모래 알맹이만큼 살아달라는 헌수시는 아마 그전에는 없었을 것이다. 김 삿갓이 전무후무했다.

│ 도움말 │

어느 지방에 부자가 살고 있었는데, 부친의 생일을 맞아 술잔치를 크게 베푸니 많은 손님들이 집에 가득 찼다. 떨어진 삿갓을 쓴 한 사람이 자리에 들어와서 자기에게도 잔칫상 하나를 베풀어 달라고 요청하였다. 주인은 마음속으로 매우 못마땅하게 생각하였지만 경사스러운 날에 박대할 수가 없어서 끄트머리 자리 에 그를 앉혔다. 그가 김삿갓이었다. 그리고 곧 헌수시를 지었는데, 첫수는 송 지문의 '도중한식'에 나오는 '可憐江浦望, 不見洛橋人'에서 한 구절을 따 쓰고 이 시를 완성했다고 한다.

제3부

노스탤지어의 손수건

058
元生員,文僉知
원 생 원 문 첨 지

日出猿生原하고(元生員)　猫過鼠盡死라.(徐進士)
일 출 원 생 원　　　　　묘 과 서 진 사

黃昏蚊簷至하고(文僉知)　夜出蚤席射라.(趙碩士)
황 혼 문 첨 지　　　　　야 출 조 석 사

원 생원과 문첨지

해 뜨자 원숭이가 언덕에 나타나고 – 원생원

고양이가 지나가자 쥐가 다 죽었네. – 서진사

황혼이 되자 모기가 처마에 이르고 – 문첨지

밤 되자 벼룩이 자리에서 쏘아대네. – 조석사

| 감상 |

　이 시에서 원생원, 서진사, 문첨지, 조석사라는 지방의 유지들이다. 이네 사람을 조롱하는 시 같은데, 이렇게 놀려대도 괜찮았는지 지금 생각해도 좀 아찔하다. 이 네 사람은 모두 지방에서는 내로라하는 세력가들이라

는 생각이 든다. 지금 같으면 맞아 죽기 꼭 알맞은 야유로 생각된다.

| **도움말** |

김삿갓이 북도 어느 지방 누구 집에 갔다가 그곳에 모여 떠들며 놀고 있는 마을 유지들을 놀리며 지은 시라고 한다. 구절마다 끝의 세 글자는 元生員(원생원), 徐進士(서진사), 文僉知(문첨지), 趙碩士(조석사)의 음을 빌려 쓴 것이다. 그 당시의 사회계급 및 명칭을 알면 더욱 흥미로울 것이다.

059

難避花
난 피 화

青春抱妓千金開하고 白日當樽萬事空이라.
청 춘 포 기 천 금 개 　　　　백 일 당 준 만 사 공

鴻飛遠天易隨水하고 蝶過靑山難避花라.
홍 비 원 천 이 수 수 　　　　접 과 청 산 난 피 화

피하기 어려운 꽃

젊은 날에 기생을 안고 놀면 천금도 사라지고
한낮에 술잔을 대하니 만사가 다 뜬구름 같구나.
먼 하늘 날고 있는 기러기 물길 따라 날기 쉽고
나비가 청산을 지날 때는 꽃을 피하기 어렵다네.

| 감상 |

　여기에는 청춘, 기생, 천금, 술판, 꽃과 나비가 나온다. 이것만 보아도 여기가 어딘지를 알겠다. 젊음과 돈과 기생과 술은 불가분의 자리요, 정말 피하기 어려운 꽃의 자리다. 꽃은 아름다운 것, 술은 마시면 취하는 것, 그러

니 피할 수 없는 자리가 되었다.

| **노룸발** |

김삿갓이 어느 마을을 지나가는데, 길가 술집에서 청년들이 천금을 털어놓고 기
생들과 놀고 있었다. 김삿갓이 부러워하며 한자리에 끼어 술을 얻어 마신 뒤에
이 시를 지어 주었다. 開(개)는 '사라지다'의 뜻임. 본래는 7언 율시인데, 2구절
을 생략했다. '開' 대신에 '芥'로 된 책도 있다. '芥'는 '티끌'이란 뜻이 있다.

060

妓生合作
기 생 합 작

平壤妓生何所能고? - 김삿갓
평 양 기 생 하 소 능

能歌能舞又能詩라. - 기생
능 가 능 무 우 능 시

能能其中別無能고? - 김삿갓
능 능 기 중 별 무 능

月夜三更呼夫能이라. - 기생
월 야 삼 경 호 부 능

기생과 함께 짓다

평양 기생이 무엇을 잘하는가? - 김삿갓

노래도 잘하고 춤도 잘 추고 시까지 잘 짓습니다. - 기생

잘하고 잘하는 가운데 특별히 잘하는 것이 없느냐? - 김삿갓

달 밝은 밤중에 남자 꼬시는 것도 잘합니다. - 기생

옛날의 기생은 '종합예술인' 이었다. 인물도 예뻐야 하지만 춤도 잘 추고 노래도 잘 불러야 하고, 글씨와 시까지 잘 지어야 한다. 거기에다가 남자 다루는 솜씨는 더욱 중요한 것 중의 하나다. 더구나 평양 기생은 전국에서도 색향이라 기생으로 이름난 곳이다. 여기서 김삿갓이 기생과 시를 주고받았던 것이다.

| 도움말 |

평양감사가 잔치를 벌이고 '능할 能' 자 운을 부르자, 김삿갓이 먼저 한 구절을 짓고 기생이 이에 화답하였다. 그날 밤에 김삿갓이 이 기생과 함께 잤다고 한다. 박수를 보내며 '파이팅' 이다.

061

嚥乳章,三章
연 유 장 삼 장

젖 빠는 노래 3수

父嚥其上하고　婦嚥其下로다.
부 연 기 상　　부 연 기 하

上下不同이나　其味則同이라.
상 하 부 동　　기 미 즉 동

시아비는 그 위를 빨고

며느리는 그 아래를 빠네.

위와 아래가 서로 다르지만

그 맛은 한가지구려.

父嚥其二하고　婦嚥其一이라.
부 연 기 이　　부 연 기 일

一二不同이나　其味則同이라.
일 이 부 동　　기 미 즉 동

시아비는 그 둘을 빨고

며느리는 그 하나를 빠네.

하나와 둘이 같지는 않지만

그 맛인속, 한가지구려.

父嚥其甘하고　　婦嚥其酸이라.
부 연 기 감　　　부 연 기 산

甘酸不同이나　　其味則同이라.
감 산 부 동　　　기 미 즉 동

시아비는 그 단 곳을 빨고

며느리는 그 신 곳을 빠네.

달고 그 신 것은 같지 않지만

그 맛은 한가지구려.

| 감상 |

　젖을 빠는 노래 3수를 지었다. 옛날에는 젖유종 때문에 젖을 빨아서 그 아픔을 낫게 했다고 한다. 김삿갓이 어느 선비의 집에 갔는데, 그가 '우리 집 며느리가 유종으로 젖을 앓기 때문에 들어가서 젖을 좀 빨아 주어야 하겠소.' 라고 말하였다. 김삿갓이 '망할 놈의 양반이 예절도 잘 지킨다. '지가 가서 빨면 되는 것을…' 하고 심통을 부리면서 이 시를 써서 조롱하고 나왔다고 한다. 그 집 시아버지의 부탁을 받고 그 집 며느리의 젖을 빨아 주었는지 아닌지는 모르지만, 이 시가 그 시아버지를 욕하는 내용의 시다. 사율四律로 무려 3수나 지었다.

┤ 덧붙임 ┝

이 시에서 '아비 父'와 '며느리 婦' 자를 지아비(夫)와 지어미로(婦)도 볼 수 있다.

062

辱, 尹哥村
욕 윤 가 촌

東林山下春草綠하니 　大丑小丑揮長尾라.
동 림 산 하 춘 초 록 　　대 축 소 축 휘 장 미

五月端陽愁裏過하나 　八月秋夕亦可畏라.
오 월 단 양 수 리 과 　　팔 월 추 석 역 가 외

윤가 촌을 욕하다

동림산 아래 봄풀이 푸르러 오면

큰 소 작은 소가 긴 꼬리 휘둘러대네.

오월 단옷날은 근심 속에 무사히 지나갔지만

팔월 추석은 어찌 넘길지 두려워지누나.

| 감상 |

　윤 씨를 욕하는 시다. 윤 씨를 소라고 한다면 〔丑〕자가 그것이다. '大丑
小丑' 은 큰 소와 작은 소를 뜻하며, 단옷날은 안 잡아먹히고 겨우 피난했
지만 이번 돌아오는 추석이 두렵지 않느냐? 하는 조롱이다.

함경도 단천은 윤가들이 모여 살았는데, 그들이 우쭐대며 건방지게 구는 꼴을
보고 길삿갓이 비웃으며 지은 시이다. 소〔丑〕자에다가 긴 꼬리를 달아주면
〔尹〕자가 된다. '수리愁裏' 는 '근심 속에' 라는 뜻이지만, 우리말로 읽으면 '수
릿날', 즉 단오라는 뜻이 된다. '가외可畏' 는 '두렵다' 는 뜻이지만, 우리말로 읽
으면 '가외' 즉 한가위', '추석' 이라는 뜻이다. 명절이 되면 소를 잡기 때문에
두려워하는 것이다.

063

吉州明川
길 주 명 천

吉州吉州不吉州하고　許可許可不許可라.
길 주 길 주 불 길 주　　　허 가 허 가 불 허 가

明川明川人不明하고　漁佃漁佃食無魚라.
명 천 명 천 인 불 명　　　어 전 어 전 식 무 어

길주 명천

길주, 길주 하지만 길하지 않는 고을이요,

허가, 허가 하지만 아무 허가할 것도 없네요.

명천, 명천 하지만 사람은 밝지도 못하고

어전, 어전 하지만 밥상에 고기 하나 없네요.

| 감상 |

　지명을 따서 지은 시이다. 지명대로라면 '길주'는 '좋은 고을이요', '명천'은 '밝은 고을'이라야 하는데 그렇지가 못하다는 말이다. 김삿갓은 이 지명을 풀이하여 그 지방의 인심을 꼬집고 있다.

  '어전'은 함경도 명천군 기남면 어전리이다. '길주'는 나그네를 재우지 않는 풍속이 있었으며, '허가'가 많이 살지만 잠자도록 허기해 주지도 않았다. '어전'은 '물고기 잡고 짐승을 사냥한다.'는 뜻인데, 이 동네 밥상에는 고기가 오르지 않는다고 풍자한 시이다. •佃 : 밭갈 전, 사냥할 전.

▲ 김삿갓 조형물
강원도 영월군 김삿갓문학관에 위치

064

沃溝, 金進士
옥 구 김 진 사

沃溝金進士가　　與我二分錢이라.
옥 구 김 진 사　　여 아 이 분 전

一死都無事런만 平生恨有身이라.
일 사 도 무 사　　평 생 한 유 신

옥구 김진사

옥구 사는 김진사가
내게 돈 두 푼을 주었다.
한 번 죽어 없어지면 이런 꼴 없으련만
육신이 살아 있어 평생 한이로구나.

| 감상 |

옥구에 사는 김진사가 김삿갓에게 돈 두 푼을 던져주고는 내쫓았다. 그
에게는 평생에 한으로 맺혀 있어 잊지 못할 것이다. 매우 자존심이 상한
일이었다. 한 번 죽어지면 이런 꼴이 없을 텐데, 죽지 못함을 한으로 남아

있다고 했다. 김삿갓은 비록 떠돌이 신세로 돌아다니지만 양반의 후예요 나름대로 자존심이 있는 사람이었다.

| 도움말 |

김삿갓이 옥구 김진사 댁을 찾아가 하룻밤 투숙하기를 청하자, 김진사가 돈 두 푼을 던져주며 내쫓았다. 김삿갓이 이 시를 지어 대문에 붙이고 가니, 김진사가 이 시를 보고 김삿갓을 찾아서 자기 집에다 재우며 친교를 맺었다고 한다.

065
與,詩客詰言
여　시객힐언

石上難生草하고　房中不起雲이라.
석 상 난 생 초　　방 중 불 기 운

山間是何鳥가　飛入鳳凰群고? – 詩客
산 간 시 하 조　　비 입 봉 황 군

我本天上鳥로　常有五彩雲이라.
아 본 천 상 조　　상 유 오 채 운

今宵風雨惡에　誤落野鷄群이라. – 金笠
금 소 풍 우 악　　오 락 야 계 군

시객과 말장난하다

바위 위에 풀이 나기 어렵고

방 안에서는 구름이 일어나지 않네.

산속의 새가 무슨 일로

봉황 노는 곳에 날아 들어왔느뇨. – 시객(詩客)

나는 본래 천상天上의 새일러니

늘 오색구름 속에 놀고 있었지.

오늘 밤 비바람이 사납게 불어서

들 닭 무리 속에 잘못 떨어졌다오. ─김삿갓

| 감상 |

　시객詩客과 김삿갓의 시적인 교감으로 지어진 작품이다. 그 시객들이 김삿갓을 폄하해서 시를 한 수 지었는데, '봉황이 노는데 산새가 무엇하러 날아왔느냐?' 하고 한 수를 던진다. 김삿갓의 답시왈答詩曰, '천상의 새가 비바람이 사나워 닭들 무리에 잘못 떨어졌다'고 했다. 시객에 대한 야무진 답시다. 감히 더 이상 말을 못했을 것이다.

| 도움말 |

　김삿갓이 금강산 시회詩會에 끼어들자, 글 짓던 나그네들이 김삿갓을 골려주려고 먼저 시를 지었다. 그러자 김삿갓이 뒤 구절을 읊어 도리어 그들을 놀려주었다.

066
弄詩
농   시

六月炎天鳥坐睡하고(趙坐首)　　九月凉風蠅盡死라.(承進士)
유 월 염 천 조 좌 수　　　　　　구 월 양 풍 승 진 사

月出東嶺蚊簷至하고(文僉知)　　日落西山烏向巢라.(吳鄉首)
월 출 동 영 문 첨 지　　　　　　일 락 서 산 오 향 소

농담으로 쓴 시

유월 염천에 새는 앉아서 졸고 – 조좌수

구월 서늘한 바람에 파리는 다 죽었네. – 승진사

달이 동산에 뜨니 모기가 처마에 이르고 – 문첨지

해가 서산에 지자 까마귀가 둥지를 찾네. – 오향수

| 감상 |

이 시는 그 당시의 사회상과 계급사회를 알아야 재미가 있는 시가 된다. 그냥 말장난이라 했는데 무슨 말장난인지를 알아야 한다.

구절마다 끝의 세 글자는 뜻과 동시에 우리말로도 읽어야 한다. 즉 조좌수趙座
首, 승진사承進士, 문천지文僉知, 오향수吳鄕首를 놀린 시이디. 첫 구절을 예로 들
면 '조좌수는 유월 더위에 앉아서 조는 새 같다' 는 뜻이다.

▲ 동고(고시집)
김삿갓문학관에 소장

067

破字詩 ❷
파 자 시

仙是山人佛不人이요　鴻惟江鳥鷄奚鳥리요
선 시 산 인 불 불 인　　　홍 유 강 조 계 해 조

氷消一點還爲水요　　兩木相對便成林이라.
빙 소 일 점 환 위 수　　양 목 상 대 변 성 림

파자시 ❷

신선은 산속 사람이고, 부처는 본래 사람이 아닐세.

기러기는 강가의 새이고, 닭이 어찌 새가 되리오.

얼음이 녹아 한 점이 없어지면 다시 물이 되고

나무 둘이 서로 마주 서니 숲을 이루고 있네.

| 감상 |

　첫 구는 仙과 佛자의 파자요, 둘째 구절은 鴻과 鷄의 파자요, 셋째 구절은 氷자, 끝 구절은 林자의 파자이다.

| 도움말 |

仙, 佛, 鴻, 鷄, 冰, 林자를 각각 파자破字한 시이다.

▲김삿갓 동상
강원도 영월군에 위치

068
元堂里
원 당 리

晉州元堂里에　過客夕飯乞이라.
진 주 원 당 리　과 객 석 반 걸

奴出無人云터니　兒來有故曰이라.
노 출 무 인 운　아 래 유 고 왈

朝鮮國中初하고　慶尙道內一이라.
조 선 국 중 초　경 상 도 내 일

禮義我東方에　世上人心不라.
예 의 아 동 방　세 상 인 심 부

원당리

진주 원당리에서

과객이 저녁밥을 비는구나.

종놈은 나와서 사람 없다 이르더니

아이는 나와서 집 안에 변고가 있다고 말하네.

이런 집은 조선에서 처음 보았고

경상도 안에서도 하나뿐일세.

우리 동방은 예의지국에서

세상인심이 이래서는 아니 되겠네.

| 감상 |

　진주 원당리의 세상인심을 비판하고 있다. 과객은 본인을 말하는 것 같고 종놈은 사람 없다 이르고, 아이는 나와 집안에 변고가 있다고 했다. 어쨌든 나그네를 내쫓는 수단을 다 쓰고 있으니 세상인심이 이럴 수가 있나. 이런 집은 조선에서 처음 보고 경상도에서도 처음 본다고 했으니 인심 한번 고약하다고 했다.

| 도움말 |

- 옛날에 거지나 과객을 내쫓는 일은 다반사로 있었으니 누구를 탓하랴.
- 끝에 '不'자는 '아니다'로 '부'로 읽음. '좀'로 생각하면 좋겠다.

069

咸關嶺
함 관 령

四月咸關嶺에　北青郡守寒이라.
사 월 함 관 령　　북 청 군 수 한

杜鵑今始發하니　春亦上山難이라.
두 견 금 시 발　　춘 역 상 산 난

함관령

사월인데도 함관령에 오르니

북청北青 군수가 추위를 타네.

진달래도 이제야 피기 시작했으니

봄도 산에 오르기 힘든가 보구나.

| 감상 |

　4월 함관령을 넘어가면서 지은 시다. 북천군수도 추위하는 걸 보면 북쪽 북청은 4월에도 추운가보다. 두견화도 피기 시작하는 계절이라 봄도 이 함관령을 넘기도 힘드나 보다 하고 표현하고 있다.

| 도움말 |

김삿갓이 북청군수와 함께 홍원과 북천 경계에 있는 함관령을 넘다가 지은 시
이디.

▲함관령
함경남도 함주군 덕산면과 홍원군 운학면 사이에 있는 고개

070

虛言詩
허 언 시

靑山影裏鹿抱卵하고　流水聲中蟹打尾라.
청 산 영 리 녹 포 란　　유 수 성 중 해 타 미

夕陽歸僧髻三尺하고　機上織女閬一斗라.
석 양 귀 승 계 삼 척　　기 상 직 녀 랑 일 두

거짓말 시

푸른 산 그림자 속에서 사슴이 알을 품고

흐르는 물소리 속에는 게가 꼬리를 치네.

석양에 돌아가는 중은 상투가 석자나 되고

베틀 위에서 베 짜는 여자의 불알이 한 말이나 되네.

| 감상 |

　그야말로 거짓말 시다. 산속에 사슴이 알을 품었다기에 그것은 거짓말,
강가의 게가 꼬리를 친다니까 그것도 거짓말, 중의 상투가 석자나 된다니
그것도 새빨간 거짓말, 베틀 위에 앉은 아낙이 불알이 한 말이나 된다니 그

것도 거짓말. 그러니 거짓말 시다.

| 도움말 |

• 髻 : 상투 계. • 閬 : 불알 랑. '鹿' 자 대신 '獐' 자로 된 곳도 있다. '流水聲中
(유수성중)' 대신에 '碧海波中(벽해파중)' 으로 된 곳도 있다.

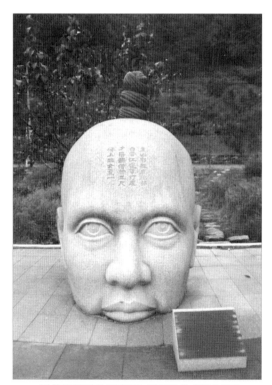

▲ 김삿갓문학관의 조형물에 '허언시' 가 새겨져 있다.

071

吟, 空家
음   공 가

甚寒漢高祖하니(劉邦)　不來陶淵明이라.(陶潛)
심 한 한 고 조　　　　불 래 도 연 명

欲擊始皇子하니(扶蘇)　豈無楚霸王고?(項羽)
욕 격 시 황 자　　　　기 무 초 패 왕

빈방에서 읊은 시

방이 몹시 추우니, - 유방〔방〕

잠도 오지 않네. - 도잠〔잠〕

부시를 치려고 하는데, - 부소〔부싯돌〕

어찌 깃이 없느냐? - 항우〔깃〕

| 감상 |

　방이 몹시 춥다는 그 방을 〔유방〕으로 풀이했고, 잠도 오지 않는다는 것
을 〔도잠〕이 오지 않는다고 했다. 불을 켜려고 부싯돌을 치려는 그 부싯돌
을 〔부소〕로 표현했으며, 깃을 데고 부싯돌을 치려고 해도 〔깃:羽:항우〕,

즉 깃이 없다고 표현한 것은 순전히 위트요, 기지요, 어쩌면 언어유희에 해당하는 표현이다.

| 도움말 |

한 고조의 이름은 방邦 : 방 − 방(房)
도연명의 이름은 잠潛 : 잠 − 잠(寐)
진시황의 아들 이름은 부소扶蘇 − 부시(부싯돌)
초나라 패왕의 이름은 우(項羽) − 깃(羽)

▲ 한고조 유방(劉邦)

072

諺漢文, 섞어作
언 한 문 　　　　　작

青松은 듬성듬성 立이요
청 송 　　　　　　　　입

人間은 여기저기 有라.
인 간 　　　　　　　　유

所謂 엇뚝 삣뚝 客이
소 위 　　　　　　　객

平生 쓰나 다나 酒라.
평 생 　　　　　　주

국한문 섞어서 시를 짓다

푸른 소나무가 듬성듬성 섰고

인간은 여기저기 있네.

이르는바 어뚝퍼뚝 다니는 나그네가

평생을 쓰나 다나 술이네.

| 도움말 |

서당에서 '有' 자와 '酒' 자를 韻으로 부르자 김삿갓이 언문諺文(언문:한글)으로
풍월風月을 지었다. 언문 글자 수는 많지만 토를 빼면 / '靑松 듬성 담성 立 / 人
間 여기저기 有' / 이처럼 구절마다 일곱 자가 된다. 그래서 7언 절구가 된다. 여
기서 운자는 有, 酒이다.

▲ 김삿갓 난고 선생 유적비

073

諺文詩
언 문 시

한글로 시를 짓다

사면 기둥 벌겋타

석양 행객 시장타.

네 절 인심 고약타

(없음) 지옥 가기 십상타.

| 도움말 |

언문 시는 한글로 짓는 시다. 어느 절에서 중과 선비들이 시회詩會를 열었는데, 거지 차림의 김삿갓이 끼어들어 밥을 달라고 청하자 언문풍월을 짓게 하였다. 배고픈 나그네에게 계속 '타' 자를 운으로 부르니, 세 구절까지 듣던 중들이 김삿갓의 정체를 깨닫고 마지막 운을 부르지 않았다. 시인 정공채가 마지막 구절을 '지옥 가기 십상타'라고 지어 넣었다.

074

開春詩會,作
개 춘 시 회 작

데각데각 登高山하니

등 고 산

시근벌떡 息氣散이라.

식 기 산

醉眼朦朧 굽어 觀하니

취 안 몽 롱   관

울긋붉긋 花爛漫이라.

화 난 만

'개춘시회'에서 짓다

데각데각 높은 산에 오르니

씨근벌떡 숨결이 흩어지네.

몽롱하게 취한 눈으로 굽어보니

울긋불긋 꽃이 만발했네.

김삿갓이 건너편 산에서 개춘시회開春詩會가 열리는 것을 보고 관례대로 나막 신을 빌려 신고서 산에 올라갔다. 그러나 시를 지어야만 술과 안주를 준다는 말을 듣고, 위의 언문시를 지었다. 그가 내려오려고 하자 사람들이 '언문풍월' 도 시인가? 아닌가를 서로 따졌다. 그러자 김삿갓이 다시 한 수를 더 읊었다.

諺漢文섞어作하니
是耶非耶皆吾子라.

'언문과 한문을 섞어 지었다고 이게 풍월이냐 아니냐 하는 놈은 모두 내 아들놈이다.' 라고 했다. 위의 시가 한 구절에 아홉 자씩 되어 있지만 현토한 2글자를 빼면 7언 절구가 된다.

075

錢
전

周遊天下皆歡迎하니　興國興家勢不輕이라.
주 유 천 하 개 환 영　　홍 국 홍 가 세 불 경

去復還來來復去하니　生能死捨死能生이라.
기 부 환 래 래 부 거　　생 능 사 사 사 능 생

强求壯士都無力이요　善用愚夫亦有名이라.
강 구 장 사 도 무 력　　선 용 우 부 역 유 명

富恐失之貧願得하니　幾人白髮此中成이라.
부 공 실 지 빈 원 득　　기 인 백 발 차 중 성

돈

천하를 두루 돌아다녀도 모두 환영하니

홍국興國, 홍가興家의 그 세력이 가볍지 않구나.

갔다가도 다시 돌아오고 왔다가도 다시 가니

삶도 능히 죽이고, 죽음도 능히 살려낸다네.

억지로 구하려 하면 장사도 도무지 힘이 없고

잘만 사용하면 우부愚夫도 명인이 될 수 있다네.

부자는 잃을까 봐 두렵고 가난뱅이는 얻기를 원하니

몇 사람이나 백발을 이 가운데서 이루어졌는가?

| 감상 |

　돌고 도는 것이 돈이다. 온 천하를 두루 돌아다녀도 가는 곳마다 환영받는 것이 돈이기에 그 신비성이 보통이 아니다. 집안과 나라를 흥하게 하는 것도 돈이요, 집안과 나라를 망하게 하는 것도 돈이다. 그래서 돈은 죽을 사람도 살리고 산 사람도 죽일 수 있는 위력을 가지고 있다. 부자와 우부愚夫도 모두 이 돈 때문에 늙어간다고 했으니 이 돈이 가지는 힘은 대단한 것이라고 시인은 말하고 있다.

| 도움말 |

　보통은 '절구' 만으로 실려 있었으나, 김립 시집(필사본)에는 '칠언율시' 로 되어있다.

076

犢價訴題
독 가 소 제

四兩七錢之犢을　放於靑山綠水하여
사 량 칠 전 지 독　　방 어 청 산 녹 수

養於靑山綠水터니　隣家飽太之牛가
양 어 청 산 녹 수　　인 가 포 태 지 우

用其角於此犢하니　如之何則可乎리오?
용 기 각 어 차 독　　여 지 하 즉 가 호

송아지 값 고소장

넉 냥 일곱 푼짜리 송아지를

푸른 산 푸른 물에 놓아서

푸른 산 푸른 물에 길렀는데,

이웃집 큰 황소 한 마리가

이 송아지를 뿔로 받아 죽였으니

어떻게 하면 좋겠습니까?

부잣집 큰 황소가 가난한 집안의 송아지를 뿔로 받아 죽였으니 어찌하면 좋을까요? 하는 고소장을 시로 지어서 관가에 제출했다는 시다. 김삿갓은 이런 송아지 값 소장을 시로 지어 제출하는 좋은 일도 하면서 방랑생활을 했다.

가난한 과부네 송아지가 부잣집 황소의 뿔에 받혀 죽자 서당에서 이 이야기를 들은 김삿갓이 이 시를 지어 관가에 바쳐 송아지 값을 받아주었다.

| 도움말 |

이 글은 6언으로 되어있고, 시 형식에도 어긋나서 시라고는 할 수 없을 정도지만 김삿갓 특유의 형식으로 쓰여 있기에 관심이 가는 글이다.

077

輓詞 ❶
만　사

同知生前雙同知터니 同知死後獨同知라.
동 지 생 전 쌍 동 지　　　동 지 사 후 독 동 지

同知捉去此同知하라 地下願作雙同知라.
동 지 착 거 차 동 지　　　지 하 원 작 쌍 동 지

만사 ❶

동지 생전에는 우리가 쌍동지이더니

동지가 죽고 나니 외동지가 되었네.

동지여, 이 동지도 함께 잡아가게 하라.

지하에서도 쌍동지가 되길 나는 원하네.

| 감상 |

이동지와 김동지는 나이도 같고 마음이 맞아 평생의 친구요 동지였다. 앞집 뒷집 쌍둥이처럼 지내더니 어느 날 김동지가 세상을 떠났으니 얼마나 가슴 아팠겠는가. 동지가 살았을 때 우리는 쌍동지요, 동지가 죽고 나니 외동지가 되었다는 사실이 이로 하여금 슬프게 한다. 모두 무식한 사람이라 김삿갓이 만사를 지어주고 길을 떠났다고 한다.

| 도움말 |

김삿갓이 어느 마을 이동지네 집에서 하룻밤을 자는데, 마침 뒷집에 살던 김동지가 세상을 떠났다. 글을 몰라 만사를 짓지 못하고 고민하였는데, 김삿갓이 이 만사를 대신 지어 주었다. 만서는 사람이 죽어서 상여 나갈 때 만장에 써서 들고나가는 일종의 장례의식의 하나였다. 착거捉去는 잡아가다이다.

078

辱說, 某書堂
욕 설 　 모 서 당

書堂乃早知요　房中皆尊物이라.
서 당 내 조 지　　방 중 개 존 물

生徒諸未十이요　先生乃不謁이라.
생 도 제 미 십　　선 생 내 불 알

어느 서당을 욕하다

서당은 내가 일찍 알고 있었는데
방 안에는 모두 높은 물건만 있네.
학생은 모두 열 명도 안 되는데
선생은 이에 와서 보이지도 않네.

〈욕설로 풀이하기〉

서당은 내 좆이요
방중엔 개 좆물이라.

제3부 노스탤지어의 손수건 *183*

생도는 제미 씹이요

선생은 내 불알이라.

| 감상 |

　　김삿갓이 알고 있는 어느 서당을 찾았는데, 그 서당에서 김삿갓을 푸대접을 했던 모양이었다. 그래서 욕으로 이 시를 지어 붙이고 떠났다고 한다. 뜻으로는 별것 아니지만 읽으면 음으로 욕설이 되는 시다. 이 시의 끝 세자씩을 읽으면 모두 욕이 된다.

| 도움말 |

　　어떤 사람이 김삿갓 시를 수집할 때, 이 시를 무려 열댓 군데서 수집되었을 정도로 널리 알려졌던 시이다. 구절마다 세 글자는 소리로 읽어야 한다.

079
嘲, 僧儒
조 승 유

僧首團團汗馬閬이요　儒頭尖尖坐狗腎이라.
승 수 단 단 한 마 랑　　유 두 첨 첨 좌 구 신

聲令銅鈴零銅鼎하고　目若黑椒落白粥이라.
성 령 동 령 영 동 정　　목 약 흑 초 낙 백 죽

중과 선비를 조롱함

중 머리는 둥글둥글, 땀난 말 불알이요
선비 머리는 뾰족하여 앉은 개 좆일러라.
음성은 구리 방울이 빈 구리 솥에 구르는 듯하고
눈동자는 검은 후추 알이 흰죽에 빠진 듯하구나.

| 감상 |

　중과 선비의 외형을 싸잡아 표현하고 있다. 중과 선비의 머리부터 욕을
하는데 '땀난 말 부랄' '앉은 개 좆'이라 욕을 하고, 그의 목소리와 눈동자
를 표현하는데 직유법을 써서 '구리 방울을 빈 구리 솥에 구르는 듯' '눈

동자는 검은 후추 알이 흰죽에 빠진 듯' 하다고 표현하고 있다. 중과 선비에게 욕을 퍼붓는 것이 웃음마저 감돌게 한다.

| 도움말 |

셋째 구절은 '성령동령영동정' 일곱 자가 모두 이응 받침으로 끝나 방울소리를 연상시키고, 넷째 구절도 '목약흑초락백죽' 가운데 여섯 자가 기역(ㄱ) 받침으로 끝나 서걱거리는 느낌을 준다. 한자의 음을 사용하여 사물의 소리를 표현하고 있다.   •椒 : 산초 초.

080

夏雲多奇峰
하 운 다 기 봉

一峰二峰三四峰하고　五峰六峰七八峰이라.
일 봉 이 봉 삼 사 봉　　　오 봉 육 봉 칠 팔 봉

須臾更作千萬峰하여　九萬長天都是峰이라.
수 유 갱 작 천 만 봉　　　구 만 장 천 도 시 봉

여름의 구름 봉우리

한 봉우리 두 봉우리 서너 봉우리

다섯 봉우리 여섯 봉우리 일여덟 봉우리.

삽시간에 천만 봉우리를 다시 만들어 내니

구만리 온 하늘에 모두 봉우리 구름뿐일세.

| 감상 |

　춘수만사택春水滿四澤이요, 하운다기봉夏雲多奇峰이라 했다. 고개지顧愷
之의 시다. 이 시가 김삿갓의 시의 소재가 되었다. 한 봉우리가 두 봉우리
가 되고, 갑자기 천만 봉우리가 되어 하늘을 덮는다. 나중에는 구만리 장천

모두가 기운奇雲으로 덮였다고 그 장관을 노래하고 있다.

| 도움말 |

　운韻은 네 글자 모두 '峰'자를 쓰면서 '峰'자를 여덟 차례나 반복하여 청각적 효과를 느끼게 한다. 한편으로는 1부터 9까지의 숫자를 차례로 쓰고, 천만이라는 숫자까지 썼다. 제목인 하운다기봉夏雲多奇峰은 고개지顧愷之의 시 '사시四時'의 한 구절이다. 이 '사시四時'를 참고로 적으면, 〈春水滿四澤이요 夏雲多奇峰이라, 秋月揚明揮요 冬嶺秀孤松이라.〉

081

破格詩 ❷
파 격 시

天長去無執이요 花老蝶不來라.
천 장 거 무 집　　화 로 접 불 래

菊秀寒秋發이요 折鞭鈍馬馳라.
국 수 한 추 발　　절 편 둔 마 치

江亭貧士過하고 大醉伏松下라.
강 정 빈 사 과　　대 취 복 송 하

月移山影改하고 通市求利來라.
월 이 산 영 개　　통 시 구 리 내

파격 시 ❷

하늘은 높아서 가도 잡을 수 없고
꽃이 늙으니 나비도 오지 않네.
국화는 차가운 가을에 빼어나고
채찍을 꺾으니 둔한 말이 달려간다.
강가 정자엔 가난한 선비가 지나가고

크게 취하여 소나무 아래 엎어져 있네.

달이 기우니 산 그림자 옮겨가고

시장을 통해 이익을 구하여 가져오네.

| 감상 |

천장에는 거미집이 있고, 화로에는 잿불 냄새가 나네. 국수가 한 사발이요, 절편이 두 낱이라. 강정에 빈사과뿐이요, 대추 봉숭아로다. '워리' 하고 사냥개를 부르고, 통시에 구린내만 나는구나.

| 도움말 |

이 시가 김삿갓의 시인지는 확실하지 않으나 오래전부터 해학으로 내려오면서 사람의 입에 오르내리고 있었다. 이 시는 모두 글자를 우리말 음으로 읽어야 한다.

천장에 거미(무)집 / 화로에 겻(접)불 내
국수 한 추발 / 절편 두 낱이라.
강정 빈사과 / 대추 복숭아라
워리! 워리! 사냥개 / 통시 구린내.

082
辱,孔氏家
욕 공 씨 가

臨門老尨吠孔孔하니　知是主人姓曰孔이라.
임 문 노 방 폐 공 공　　지 시 주 인 성 왈 공

黃昏逐客緣何事오?　恐失夫人脚下孔이라.
황 혼 축 객 연 하 사　　공 실 부 인 각 하 공

공 씨네 집을 욕하다

문에 이르니 늙은 삽살개 공, 공, 공 짖으니

주인 성이 공가라 부르는 줄 내 알겠네.

황혼에 나그넬 쫓으니 이 무슨 인사인고?

부인의 아랫구멍 잃을까 그게 두려운 게지.

| 감상 |

　김삿갓이 어느 마을에 도착하여 하룻밤을 청하려고 하니 그 집 사립문
에 개가 나와서 공, 공 짖어댄다. 그러니 아마 공가 성을 가진 사람의 집인
가 보다. 곧 주인이 나와서 나그네를 쫓으니 그 이유인즉, 낯선 나그네 때

문에 아마도 그 집 여주인의 다리 아래 구멍[脚下孔]이 걱정된 모양이겠지 한다. 김삿갓이 은근히 욕을 퍼붓고 지나갔다.

| 도움말 |

공자孔字가 운자로 쓰였다. '구멍 孔' 자를 '공공(개소리)', '공가(성)', '구멍' 이라는 세 가지 뜻으로 쓰였다.

083

磨石
마 석

誰能山骨作圓圓고? 天以順還地自安이라.
수 능 산 골 작 원 원   천 이 순 환 지 자 안

隱隱雷聲隨手去터니 四方飛雪落殘殘이라.
은 은 뇌 성 수 수 거   사 방 비 설 낙 잔 잔

맷돌

그 누가 산속 바윗돌을 둥그렇게 깎았는가?

하늘은 돌아가는데 땅은 그대로 있네.

은은한 천둥소리가 손을 따라 나더니

사방에서 눈 날리듯 잔잔하게 떨어지네.

| 감상 |

맷돌을 노래한 시다. 누가 산속의 돌을 깎아 맷돌을 만들어서 아래는 고정되어 있고 위만 돌아가게 만들었는가? 맷돌 돌아가는 소리가 은은히 들리는데 꼭 천둥소리와 같았다. 맷돌에서는 하얀 가루가 쏟아지니 마치 눈

이 내리는 것 같구나. 옛날 시골에서 흔히 볼 수 있는 '맷돌'을 소재로 하여 지은 시다.

| 도움말 |

산골山骨은 산속의 바위를 말하며, 원원圓圓은 '둥글둥글하다' 이다.

084

辱,祭家
욕   제 가

年年臘月十五夜에 君家祭祀乃早知라.
연 년 납 월 십 오 야   군 가 제 사 내 조 지

祭奠登物用刀疾이요 獻官執事皆告謁이라.
제 전 등 물 용 도 질   헌 관 집 사 개 고 알

제삿집을 욕함

해마다 섣달 보름 그날 밤에는

그대 집에 제사 있는 걸 내가 잘 알고 있지.

제사상에 오를 음식에 칼 솜씨가 빨라지고

헌관 집사 모두 모여 절하고는 뵙겠네요.

| 감상 |

납월십오야臘月十五夜는 섣달 보름날을 말한다. 이날이 제삿날임을 나
는 잘 알고 있었다. 아마 제사 음복에 초대를 받지 못함을 은근히 나무라
며 욕을 하는 시다. 여기에 사용된 시어 중에 셋은 욕설이다. '내조지' '용

도질(手淫)’ ‘개 고알’ 이것이 그것이다. 제사 음복을 나누는데 초대받지 못한 것이 무척이나 성이 났던 모양이다.

| 도움말 |

‘씹 오야’ ‘내 좆이’ ‘용도질(용두질 : 수음하는 행위)’ ‘개 고알’ 이 모두 욕설로 끝의 3구절이다.

085

樂民樓
낙 민 루

宣化堂上宣火黨하니 樂民樓下落民淚라.
선 화 당 상 선 화 당　　　　낙 민 루 하 낙 민 루

咸鏡道民咸驚逃하니 趙岐泳家兆豈永고?
함 경 도 민 함 경 도　　　　조 기 영 가 조 기 영

낙민루

교화를 펴야 할 선화당宣化堂 위에 화적火賊 같은 정사를 펴니

낙민루樂民樓 아래에서 백성들이 눈물만 흘리네〔落民淚〕.

함경도 백성들이 다 놀라 달아나니

조기영의 집안이 어찌 오래갈 수 있을까?

| 감상 |

　정치하는 사람들을 꼬집는 시다. 선화당宣化堂은 백성들에게 선화善化를 위하는 곳인데 화적火賊이라고 꼬집고, 낙민루樂民樓 아래의 백성들은 낙민루落民淚라 눈물을 흘린다고 꼬집었다. 그때는 김삿갓이 이런 시를 썼

을 것이고 다른 평민들은 감히 이런 시를 쓰지 못했을 것이다. 오늘날의
참여시라고 하는 그런 내용의 시다. 김지하의 담시 오적五賊에도 정치를
꼬집는 내용이 나오듯, 김삿갓의 이 '낙민루'도 이런 내용이다.

| 도움말 |

전국 팔도에서 관찰사가 집무하는 관아를 선화당宣化堂이라고 했다. 이 시는 구
절마다 동음이의어同音異議語를 쓰고 있다. 앞의 세 글자는 원래 쓰는 낱말이고,
뒤의 세 글자는 음만 따다가 풍자적으로 쓴 말이다. 이 시를 읽으면 60년대 후
반의 김지하 시인의 '오적五賊'이 생각난다. 이 '오적'에서는 짐승 이름들을 한
자음으로 바꾸어 나오는 것과 비슷하다.

宣化堂 - 宣火黨.
樂民樓 - 落民淚.
咸鏡道 - 咸驚逃.
趙岐泳 - 兆豈永.

▲ 낙민루(樂民樓)

086

胡地,無花草
호 지 무 화 초

胡地無花草라지만　胡地無花草리요.
호 지 무 화 초　　　호 지 무 화 초

胡地無花草라도　　胡地無花草이랴?
호 지 무 화 초　　　호 지 무 화 초

어찌 땅에 화초가 없으랴.

오랑캐 땅에 화초가 없다고 하지만,

어찌 오랑캐 땅에 화초가 없으랴?

오랑캐 땅에 화초가 없다고 하더라도,

땅은 땅인데 어찌 화초가 없겠느냐?

| 감상 |

　참으로 김삿갓다운 시다. 일종의 언어유희라고도 볼 수 있지만 '胡地'
란 말을 이렇게까지 활용하여 다른 뜻으로 바꾼다는 것은 김삿갓다운 시
적 능력이라 할 수 있다. 이 시에서는 단순히 '胡地無花草'에 토를 달아서

그 뜻을 변경시킨 것이다.

| 도움말 |

이 시는 동방규東方虯의 '昭君怨' 이란 시에서 인용하여 쓴 것이다. '胡地無花草, 春來不似春(호지무화초, 춘래불사춘)' 에서 따온 것이다. 胡자는 '오랑캐', '어찌' 이런 뜻을 가지고 있다.

087

佳人
가 인

抱向東窓弄未休하니 　半含嬌態半含羞라.
포 향 동 창 농 미 휴 　반 함 교 태 반 함 수

低聲暗問相思否아 하니 　手整金釵小點頭라.
저 성 암 문 상 사 부 　수 정 금 서 소 점 두

아름다운 여인

껴안고 쉬지도 않고 동창을 향해 한창 즐기는데
그 여인 아양 떨면서 수줍어하는 모습일세.
나지막한 소리로 '아직도 사랑하느냐' 하고 물었더니
금비녀 손으로 만지면서 머리만을 까딱까딱하네.

| 감상 |

　아름다운 여인과의 하룻밤 즐거운 시간을 '가인'이란 제목으로 쓴 시
다. 동창으로 머리를 베고 쉬지도 않고 서로 즐기는데, 아양 떨며 수줍어하
는 여인의 모습이 볼수록 아름다웠다. '아직도 나를 사랑하느냐'의 물음

에 머리를 매만지며 '그렇다고, 대답하는 여인이 어쩌면 그렇게 아름다우냐? 김삿갓 시인이 이런 아름다운 시간도 있었다니 참 다행한 일이었다.

| 도움말 |

   '가인' 이란 인연 있는 여인을 말한다. 또 아름다운 여인을 말하기도 한다. 김삿갓 시인이 가인을 만났다. 축하의 박수를 보낸다.

▲친필 서각
강원도 영월군 김삿갓문학관에 소장

제4부

시 도 인생도 영원한 떠돌이

088

棋
기

縱橫黑白陣如圍하니　勝敗專由取舍機라.
종 횡 흑 백 진 여 위　　승 패 전 유 취 사 기

四皓閑秤忘世坐하고　三清仙局爛柯歸라.
사 호 한 칭 망 세 좌　　삼 청 선 국 난 가 귀

詭謀偶獲擡頭點하고　誤着還收擧手揮라.
궤 모 우 획 대 두 점　　오 착 환 수 거 수 휘

半日輪嬴更挑戰하니　丁丁然響到斜暉라.
반 일 윤 영 갱 도 전　　정 정 연 향 도 사 휘

바둑

흑백이 종횡으로 에워싼 것처럼 진을 치니

승패는 오로지 때를 잡고 못 잡음에 달렸네.

사호四皓가 은거하여 바둑으로 시국을 잊었고

삼청三清 신선들 대국에 도낏자루 다 썩더라.

뜻밖의 속임수로 세력 뻗을 점도 얻고

잘못 두고 물러 달라 손 휘두르기도 하는구나.

한나절 승부를 걸고 다시금 도전하니

바둑알 치는 정정한 소리에 석양이 빛나네.

| 감상 |

바둑이란 제목으로 쓴 시다. 지금도 바둑에 대한 관심과 승부에 대한 의욕이 대단한 오락이다. 이 바둑은 고금을 통하여 우리 인간생활과 함께해온 게임이다. 근래 알파고와의 바둑경기가 관심이 있는 시대에 바둑은 인간의 역사와 함께 해오고 있다. 김삿갓도 이 바둑에 대한 관심을 가지고 한나절을 승부수를 걸고 도전하고 바둑알 치는 소리에 석양이 빛난다고 했다.

| 도움말 |

四皓(사호)는 진시황 때 난을 피해 商山(상산)에 숨은 네 은사隱土. 東園公(동원공), 綺里季(기리계), 夏黃公(하황공), 甪里先生(녹리선생) 등이다. 三淸(삼청)은 玉淸(옥청), 上淸(상청), 太淸(태청)으로 신선들이 산다는 궁의 이름이다. 윤영輪贏은 승부를 말함. 난가爛柯는 도끼자루가 썩는다고 뜻함.

▲진시황제(秦始皇帝)

089

眼鏡
안 경

江湖白首老如鷗하니　鶴膝烏精價易牛라.
강 호 백 수 노 여 구　　학 슬 오 정 가 역 우

環若張飛蹲蜀虎하고　瞳成項羽沐荊猴라.
환 약 장 비 준 촉 호　　동 성 항 우 목 형 후

霎疑濯濯穿籬鹿하니　快讀關關在渚鳩라.
삽 의 탁 탁 천 리 록　　쾌 독 관 관 재 저 구

少年多事懸風眼하고　春陌堂堂倒紫騮라.
소 년 다 사 현 풍 안　　춘 맥 당 당 도 자 류

안경

시골 사람 늙어서 갈매기처럼 희어졌으니

검은 알에 흰 테 안경을 쓰니 소 한 마리 값일세.

둥근 알은 장비와 같아 촉나라 범이 쭈그리고 앉은 듯하고

두 눈동자는 항우와 같아 목욕한 초나라 원숭이 같네.

얼핏 보면 알이 번쩍번쩍하여 울타리를 빠져나가는 사슴 같으니

노인이 시경 '관저편'을 신나게 읽고 있네.
소년은 일 많은 듯 멋으로 안경을 걸치고
봄 언덕으로 당당하게 나귀 거꾸로 타고 다니네.

| 감상 |

안경에 대한 시다. 사람이 나이가 들면 안경을 쓰게 마련이다. 그 안경을 쓰고 있는 모양이나 안경을 쓰고 시경 구절을 신나게 읽고 있다는 것까지 말하고 있다. 소년은 멋으로 안경을 쓰고 나귀를 거꾸로 타고 간다는 익살까지 표현하고 있다.

| 도움말 |

각 행의 끝나는 글자들이 모두 동물 이름이다. 갈매기 구(鷗), 소 우(牛), 범 호(虎), 원숭이 후(猴), 사슴 록(鹿), 비둘기 구(鳩), 눈 안(眼), 당나귀 류(驢). 접을 수 있는 안경다리가 두루미 무릎을 닮았다고 해서 학슬(鶴膝)이라 불렀다. 오정(烏精)은 거무스레한 안경알을 가리킨다. 시경 관저장이 나온다. 〈關關雎鳩, 在河之洲. 窈窕淑女, 君子好逑〉/ 구룩구룩 물수리는 / 황하의 섬에서 우네. / 요조숙녀는 / 군자의 좋은 짝이네. / ─ 〈시경, 관저장〉

▲ 조선시대의 안경과 안경갑

落花吟
낙 화 음

曉起飜驚滿山紅하니　開落都歸細雨中이라.
효 기 번 경 만 산 홍　　개 락 도 귀 세 우 중

無端作意移黏石하고　不忍辭枝倒上風이라.
무 단 작 의 이 점 석　　불 인 사 지 도 상 풍

鵑月靑山啼忽罷하고　鷰泥香逕蹴全空이라.
견 월 청 산 제 홀 파　　연 니 향 경 축 전 공

繁華一度春如夢이요　坐歎城南頭白翁이라.
번 화 일 도 춘 여 몽　　좌 탄 성 남 두 백 옹

낙화를 노래함

새벽에 일어나 산 가득한 붉은 낙화에 놀라니

꽃은 가랑비 속에 피었다 다시 지고 있어라.

무한히 유심한 듯 바위 위에도 달라도 붙고

차마 가지를 떠나지 못해 바람 타고 다시 올라가네.

두견새는 청산에서 울다가 홀연 울음 그치고

제비는 진흙 묻은 꽃잎 물고 공중으로 날아오른다.

화려한 봄날은 한차례 꿈길이냐 또 지나가는데

흰머리 늙은이가 성터에 앉아 한없이 탄식을 하누나.

| 감상 |

봄날이 지나가고 꽃잎이 떨어지는 낙화의 계절에 시인은 한없는 슬픔
과 아쉬움을 노래하고 있다. 초목과 꽃이 풍성한 봄이 지나감을 아쉬워하
여 읊은 작품이다. 더구나 머리가 허연 늙은이가 성 머리에 앉아서 한없는
시름과 아쉬움을 한숨으로 보내고 있다 했으니 세월의 무상함을 말하고
있다.

| 도움말 |

• 견월청산鵑月青山 : 청산에서 울고 있는 두견새. • 두백옹頭白翁 : 흰머리 늙은
이. 무단無端은 무한으로 풀이함이 옳을 듯.

091

雪日
설 일

雪日常多晴日或하여　前山旣白後山亦이라.
설 일 상 다 청 일 혹　　　전 산 기 백 후 산 역

推窓四面琉璃壁이니　分咐寺童故掃莫하라.
추 창 사 면 유 리 벽　　　분 부 사 동 고 소 막

눈 내리는 날

그렇게 눈이 내리더니 어쩌다 날이 개어
앞산 뒷산 할 것 없이 모두가 하얗구나.
창문을 열어보니 사면이 모두 유리 벽이니
사동寺童을 불러서 구태여 눈을 쓸지 말라 하라.

| 감상 |

　산사의 눈 내리는 광경을 노래했다. 눈이 내리다가 눈이 그치니 앞산도
하얗고 뒷산도 하얗고 온 천지가 하얗다. 창문을 열어보니 그야말로 유리
벽의 세계다. 이렇게 아름다운 설경을 보고 있으면 좋은데 왜 눈을 쓸까?

절간의 사미승을 불러서 단단히 타이르는 말 '눈을 쓸지 말라.' 고 한다.

| 도움말 |

김삿갓이 금강산 어느 절에 가서 하룻밤 재워 달라고 청하자 중이 거절했다. 김삿갓이 절을 나가려 하자 혹시 김삿갓이 아닌가 생각하고 시를 짓게 했다. 혹或, 역亦, 벽壁, 막莫 같은 어려운 운을 불러 괴롭혔지만 이 시를 짓고 잠을 자게 되었다고 한다.

▲ 금강산의 설경

092

蚤
조

貌似棗仁勇絶倫하여　半風爲友蝎爲隣이라.
모 사 조 인 용 절 륜　　　반 풍 위 우 갈 위 린

朝從席隙藏身密타가　暮向衾中犯脚親이라.
조 종 석 극 장 신 밀　　　모 향 금 중 범 각 친

尖嘴嚼時心動索하나　赤身躍處夢驚頻이라.
첨 취 작 시 심 동 색　　　적 신 약 처 몽 경 빈

平明點檢肌膚上하면　剩得桃花萬片春이라.
평 명 점 검 기 부 상　　　잉 득 도 화 만 편 춘

벼룩

모양은 대추씨 같지만 용기만은 뛰어나서

이〔虱〕와는 친구 삼고 전갈과는 이웃사촌.

아침에는 자리 틈에 몰래 몸 숨겼다가

저녁에는 이불에 들어와서 다리를 물어뜯네.

뾰족한 주둥이에 물릴 때는 찾아내고 싶은 심정이나

알몸으로 뛸 때마다 깜짝 놀라 꿈을 자주 깨우네.

밝은 아침에 일어나 내 살갗 한 번 살펴보면

복사꽃 만발한 봄날의 경치를 보는 것과 같구나.

| 감상 |

'벼룩'은 옛날 우리의 생활주변에 참 많았다. 지금은 볼 수도 없는 벼룩이지만 이때만 해도 밤에 벼룩 때문에 잠을 못 이룰 때가 많았다. 벼룩을 잡을 방법이 없었다. 오늘날처럼 약이 있는 것도 아니요 그냥 몸을 물릴 수밖에 없었다. 그러다가 디디티(DDT)가 생겨서 모든 해충을 박멸했지만 옛날에는 밤마다 물릴 수밖엔 없었다. 그것이 김삿갓의 시제가 되었던 것이다. 지금은 '벼룩'이란 말조차 잊어가고 있다.

| 도움말 |

반풍半風은 '虱은 이(슬)' 자를 가리키니 '風' 자를 파자한 '虱' 자이니, 즉 '이'를 말함. 벼룩의 모양과 습성을 묘사하고 벼룩에 물린 사람의 피부를 복숭아꽃이 만발한 봄 경치에 비유하였다. '도화만편춘桃花萬片春'이 그것이다. •첨취尖嘴 : 뾰족한 부리. •嚼 : 물 작.

093

猫
묘

乘夜横行路北南터니　中於狐狸傑爲三이라.
승야 횡행 로 북 남　　중 어 호 리 걸 위 삼

毛分黑白渾成繡하고　目挾靑黃半染藍이라.
모 분 흑 백 혼 성 수　　목 협 청 황 반 염 람

貴客床前偸美饌하고　老人懷裏傍溫衫이라.
귀 객 상 전 투 미 찬　　노 인 회 리 방 온 삼

那邊雀鼠能驕慢타가　出獵雄聲若大談이라.
나 변 작 서 능 교 만　　출 엽 웅 성 약 대 담

고양이

밤을 틈타 이리저리 제멋대로 다니다가

여우와 살쾡이로 함께 삼걸三傑을 이루었네.

털은 흑백으로 섞어서 수繡를 놓았고

눈은 청황색에다 절반은 남색까지 섞였네.

귀한 손님 밥상에서 맛있는 음식 훔쳐 먹고

늙은이 품속에서 따뜻한 옷에 덮여 잠을 자네.

쥐가 어디에 있나 찾을 때는 교만을 떨다가

'야옹' 소리 크게 지를 땐 대담한 것 같구나.

| 감상 |

고양이에 대한 시적 묘사이다. 고양이는 옛날에 사람 가까이 있으면서 쥐를 잡아주는 이로운 동물로 여겼고, 귀하게 따라다니는 반려동물로 여겼다. 여기서는 고양이의 외적 묘사를 위주로 하고 있으며 고양이의 행동 묘사를 그려내고 있다.

| 도움말 |

본래는 칠언 율시로 2수였는데, 1수만을 싣는다. 고양이의 예민한 관찰과 기발한 착상으로 고양이의 생김새와 습성을 잘 표현하는 데 특색이 있다. '那邊(나변)'은 '어디에'이며 '雄聲(웅성)'의 '웅'은 '야옹' 하는 의성어로 표현했다.
• 大談(대담) : 매우 큰소리.

094

老牛
노 우

瘦骨稜稜滿禿毛하고　傍隨老馬兩分槽라.
수 골 능 릉 만 독 모　　방 수 노 마 양 분 조

役車荒野前功遠하고　牧竪靑山舊夢高라.
역 거 황 야 전 공 원　　목 수 청 산 구 몽 고

健耦常疎閑臥圃하고　苦鞭長閱倦登皐라.
건 우 상 소 한 와 포　　고 편 장 열 권 등 고

可憐明月深深夜에　回憶平生謾積勞라.
가 련 명 월 심 심 야　　회 억 평 생 만 적 노

늙은 소

파리한 뼈는 앙상하고 털마저 빠져있고

곁에 늙은 말 따라 마구간을 함께 쓰고 있네.

거친 들판에서 짐수레 끌던 옛 공로는 멀어지고

목동 따라다니던 청산에는 옛꿈이 가득하여라.

힘차게 끌던 쟁기도 채전 밭에 한가로이 놓였는데

채찍 맞으며 언덕길 오르던 그 시절은 참 괴로웠지.

가련하구나! 저 밝은 달이 뜬 밤은 깊기만 한데,

한평생 추억 많은 그 고생을 돌이켜보고 있누나.

| 감상 |

늙은 소를 인생의 한때를 비유해서 이 시를 쓰고 있다. 늙은 소도 옛날의 추억과 괴로움이 있었기에 이제 늙어가니 그때의 추억이 떠오른다. 세월이 가면 모든 것이 변하고 바뀌고 사라져 가는 이때, 소라고 그런 옛 추억이 없겠는가? 늙어가는 김삿갓 자신의 모습일지도 모른다.

| 도움말 |

세월의 무상함은 인간에게서만 느낄 수 있는 것은 아니다. 늙은 소를 보고서도 세월이 앗아간 지난날의 혈기 넘쳤던 때를 생각할 수 있다. • 耦(우) : 쟁기. 짝 등의 뜻이 있음. • 牧竪(목수) : 목동을 말함.

095

松餠詩
송 병 시

手裏廻廻成鳥卵하고　指頭個個合蚌脣이라.
수 리 회 회 성 조 란　　　지 두 개 개 합 방 순

金盤削立峰千疊이요　玉箸懸登月半輪이라.
금 반 삭 립 봉 천 첩　　　옥 지 현 등 월 반 륜

송편

손에 넣고 뱅글뱅글 돌려 새알을 만들어내고

손가락 끝으로 낱낱이 파서 조개 같은 입술을 붙이네.

금 소반에 천봉우리를 첩첩이 쌓아 올리고

옥 젓가락으로 반달 같은 송편을 집어 먹는구나.

| 감상 |

　송편을 만드는 과정을 잘 표현하고 있다. 손바닥에 넣고 비비고 뜯고 굴리고 하여 형형색색으로 송편을 빚고 있다. 반달 송편, 새알 수집이 송편, 온갖 모양을 만들면서 먼 추억 속으로 들어가 어린 시절을 생각하면서 이

시를 쓴 것이 아닐까?

| 도움말 |

　새알을 만들고 조개 같은 입술을 맞추고 반달 같은 송편을 먹는 묘사에서 시인의 관찰력과 재치를 엿볼 수 있다.　・懸登(현등) : 달아 올리다. 즉 집어먹다.

▲ 김삿갓 성황당(서낭당)
강원도 영월군에 위치

096

白鷗詩
백 구 시

沙白鷗白兩白白하니　不辨白沙與白鷗라.
사 백 구 백 양 백 백　　불 변 백 사 여 백 구

漁歌一聲忽飛去하니　然後沙沙復鷗鷗라.
어 가 일 성 홀 비 거　　연 후 사 사 부 구 구

갈매기를 노래함

모래도 희고 갈매기도 희고 모두 다 희니

모래와 갈매기를 분간할 수 없겠구나.

어부가漁夫歌 한 곡조에 홀연히 날아오르니

그제서는 모래와 갈매기가 다시 구별되누나.

| 감상 |

　모래도 희고 갈매기도 희니 함께 놀면 구분이 잘 안 된다. 이 갈매기는
바닷가에서 놀고 있기에 백사장에 앉으면 모두가 흰 빛깔인 것이다. 이때
마침 어부가 한 가락 노래를 뽑으니 갈매기가 놀라 날아올라서 그제야 모

래와 갈매기가 구분이 된다는 표현이다. 사물의 색을 시각적인 묘사로 표현한 김삿갓다운 시어의 배치이다. 白字의 반복 배치가 미묘한 리듬감을 살려서 한층 시적 감흥을 자아내고 있다.

| 도움말 |

'양백백兩白白' 이란 표현이 참 인상적이며, 사사부구구沙沙復鷗鷗란 말에 반복
과 묘한 정감을 자아내고 있다.

▲김삿갓 주거지
강원도 영월군에 위치

097

入, 金剛 ❷
입 금 강

綠靑碧路入雲中하니　樓使能詩客住筇이라.
녹 청 벽 로 입 운 중　　누 사 능 시 객 주 공

龍造化含飛雪瀑하고　劒精神削揷天峰이라.
용 조 화 함 비 설 폭　　검 정 신 삭 삽 천 봉

仙禽白幾千年鶴고　澗樹靑三百丈松이라.
선 금 백 기 천 년 학　　간 수 청 삼 백 장 송

僧不知吾春睡惱하고　忽無心打日邊鐘이라.
승 부 지 오 춘 수 뇌　　홀 무 심 타 일 변 종

금강산에 들어가다 ❷

푸른 길 따라서 구름 속으로 들어가니

누각이 시인의 발걸음을 멈추게 하는구나.

용의 조화는 눈발 흩날리듯 폭포를 뿜어내고

칼로 깎은 신통한 봉우리는 하늘을 찌르는구나.

선경仙境의 흰 학은 몇천 년을 살아왔던고?

시냇가 삼백 장송은 푸르게만 보이누나.

스님은 내가 봄잠 즐기는 것도 모르고서

갑자기 무심하게 낮에 종만을 치고 있구나.

| 감상 |

금강산에 들어가서 느낌을 표현한 시다. 푸른 길과 구름과 공중에 높이 뜬 누각이 시인의 발걸음을 멈추게 한다. 폭포는 하늘에 걸려 눈발처럼 날리니 아마 용의 조화를 품은 듯싶다. 마치 선경으로 들어가는 듯, 천 년 학은 푸른 소나무에 앉아 있다. 절간의 스님은 대낮에 종을 쳐서 시인의 낮잠을 깨우는구나.

| 도움말 |

봄날 금강산으로 들어가면서 주위에 펼쳐진 경치의 아름다움을 읊었다.

• 住筇(주공) : 지팡이를 멈추게 하다. 즉 발걸음을 멈추게 한다는 뜻.

098

金剛山 ❶
금 강 산

松松栢栢岩岩廻하니 水水山山處處奇라.
송 송 백 백 암 암 회   수 수 산 산 처 처 기

금강산 ❶

소나무와 소나무, 잣나무와 잣나무, 바위와 바위를 돌아오니
물과 물, 산과 산이 곳곳마다 기묘하구나.

| 감상 |

　금강산 ❶은 2행으로 된 시다. 글자의 반복으로 시각적, 청각적 이미지
의 효과를 높였으며, 아주 경쾌한 리듬을 감지할 수 있는 또 다른 일면을
보여주는 시다. 2짝으로 된 시는 고금을 통해 아직 없었는데 오직 김삿갓
만이 가능했다.

| 도움말 |

　松松栢栢岩岩, 水水山山處處의 같은 글자의 배열이 참 신기하다.

099

金剛山 ❷
금 강 산

我向青山去한데 綠水爾何來요.
아 향 청 산 거   녹 수 이 하 래

금강산 ❷

나는 청산을 향해 가고 있건만,

녹수야 너는 어디서 오는 건가?

| 감상 |

금강산 ❷에서 '나는 청산으로 가고 있는데 너, 녹수는 어디에서 오고 있느냐' 하면서 흐르는 물을 향해 능청을 부리고 있다. 이것이 이 시인의 시적인 기교다. 이 시는 5언 2구로 된 시 형식이다. 역시 시로서는 파격이지만 김삿갓만이 가능했다.

| 도움말 |

위에서 去자와 來자가 서로 대를 이루고 있다.

100

嶺南述懷
영 남 술 회

超超獨倚望鄉臺하여　强壓覇愁快眼開라.
초 초 독 의 망 향 대　　　강 압 패 수 쾌 안 개

與月經營觀海去하고　乘花消息入山來라.
여 월 경 영 관 해 거　　　승 화 소 식 입 산 래

長遊宇宙餘雙履하니　盡數英雄又一杯라.
장 유 우 주 여 쌍 리　　　진 수 영 웅 우 일 배

南國風光非我土어니　不與歸對漢濱梅라.
남 국 풍 광 비 아 토　　　불 여 귀 대 한 빈 매

영남 술회

높고 높은 '망향대'에 나 홀로 기대서서

나그네 시름을 누르고 온 사방을 둘러보네.

달과 함께 드나드는 바다 멀리 바라보고

꽃소식 듣고 싶어 이 산속으로 들어왔네.

오랫동안 세상 떠돌다 보니 신 한 짝만 남았는데

영웅들을 헤아리며 술 한잔을 다시 들자.
남국의 자연이 아름다워도 내 고향이 아니거늘
고향에 돌아가 한강변 매화꽃 보는 게 더 낫겠구나.

| 감상 |

영남으로 찾아오니 잡다한 고향 생각이 절로 난다. '망향대'에 기대어 홀로 서고 보니 이 향수를 억누를 수 없구나. 멀리 바다도 보고 싶고 꽃 소식도 듣고 싶은데 어떡하면 좋을까? 떠돌다 보니 여기 신발 한 짝만 남았으니 술이나 한잔 들자. 여기 영남이 아무리 아름다워도 내 고향이 아니라 한강변을 찾아가서 매화꽃 보는 게 낫겠다 하고 그는 되뇐다.

| 도움말 |

아무리 남쪽 지방의 경치가 좋다 한들 집으로 돌아가 물가에 핀 매화 보는 것만 못하니, 망향대에 올라 고향을 떠난 자신의 기구한 팔자를 읊고 있다.

101

淮陽過次
회 양 과 차

山中處子大如孃하여　緩着粉紅短布裳이라.
산 중 처 자 대 여 양　　　완 착 분 홍 단 포 상

赤脚踉蹌羞過客하여　松籬深院弄花香이라.
적 각 낭 창 수 과 객　　　송 리 심 원 농 화 향

회양을 지나면서

산중 처녀 어미만큼 그 키가 엄청 커서

분홍치마 느슨하게 짧게도 입었구나.

붉은 다리 부끄러워 황급하게 달려가선

소나무 울타리 깊은 곳에서 꽃잎을 매만지네.

| 감상 |

　회양을 지나다가 어느 시골 마을길로 들어섰다. 산중 처녀가 이미 클 대로 다 커서 부끄러움을 아는 나이였다. 그래서 너무 짧게 입은 자기 차마가 부끄러워 지나가는 과객을 피해서 울타리 너머로 달려가 깊은 곳에서

꽃잎을 희롱하고 있다는 표현이다. 요즈음은 처녀들이 배꼽까지 내놓고
다니지만 그때에는 있음 직한 행동이다.

│ 도움말 │

김삿갓이 물을 얻어먹기 위해 어느 집 사립문을 들어가다가 울타리 밑에 핀 꽃
을 바라보고 있는 산골 처녀를 발견했다. 처녀는 나그네가 있는 줄도 모르고 꽃
을 감상하고 있다가 인기척에 놀라서 자기의 짧은 치마 아랫도리가 드러난 다
리를 감추려는 듯 울타리 뒤에 숨었다. ・跟蹌(낭창) : 황급히 달려가는 모양. 孃
(양)은 어머니라는 뜻도 있음.

▲김삿갓 친필
김삿갓문학관에 소장

102

過,寶林寺
과 보 림 사

窮達在天豈易求하랴　從吾所好任悠悠라.
궁 달 재 천 기 이 구　종 오 소 호 임 유 유

家鄉北望雲千里요　身勢南遊海一漚로다.
가 향 북 망 운 천 리　신 세 남 유 해 일 구

掃去愁城盃作箒하고　釣來詩句月爲鉤라.
소 거 수 성 배 작 추　조 래 시 구 월 위 구

寶林看盡龍泉又하니　物外閑跡共比丘라.
보 림 간 진 용 천 우　물 외 한 적 공 비 구

보림사를 지나며

궁핍과 영달은 하늘에 달렸으니 쉽게야 구하랴
내가 좋아하는 것 따라 유유히 살아가리라.
북쪽 고향 바라보니 구름 밖에 천릿길 아득하고
남녘 땅 떠도는 신세 바다의 물거품과 같네.
술잔을 빗자루 삼아 시름 모두 쓸어버리고

달을 낚시 삼아 시를 낚아 올리리라.

보림사를 다 보고 '용천사' 에 또 오니

속세 떠난 이 한가한 발길이 비구승과 한가지네.

| 감상 |

보림사를 지나가면서 지은 시다. 사람은 절을 지나갈 때 엄숙함을 느낀다. 곤궁과 영달은 하늘이 내리는 것, 고향을 바라보니 구름만 천릿길이란 것을 말하고 있는데. 김삿갓도 고향을 항상 그리워하고 있었던 모양이었다. 보림사를 지나 용천사를 찾아가니 세상은 너무나 조용했다.

| 도움말 |

보림사는 전남 장흥 가지산에 있는 절 이름이요, 용천사는 전남 함평 무악산에 있는 절이다.

103

泛舟醉吟
범 주 취 음

江非赤壁泛舟客하니　地近新豊沽酒人이라.
강 비 적 벽 범 주 객　　지 근 신 풍 고 주 인

今世英雄錢項羽하고　當時辯士酒蘇秦이라.
금 세 영 웅 전 항 우　　당 시 변 사 주 소 진

배 띄워 술 취해 읊음

강은 적벽강이 아니지만 배를 띄웠고

땅은 신풍에 가까워 술도 살 수 있었네.

지금 세상 영웅은 돈이 바로 항우장사요

이 시대 변사辯士는 술이 바로 소진蘇秦이지.

| 감상 |

'배를 띄워 술에 취해 이 시를 읊는다.' 가 이 시의 제목이다. 꼭 적벽강
에만 배 띄우란 법은 없고 '신풍' 이란 지명이 가까우니까 술도 쉽게 살 수
있었다. 이 세상에서 영웅이 따로 있는 게 아니요 돈이 바로 항우요, 변사

가 따로 있는 게 아니라 술이 바로 '소진'이라고 했다. 제일 잘 통하는 것이 돈과 술이라는 것이다.

| 도움말 |

신풍新豊은 한대漢代의 고을 이름으로 신풍미주新豊美酒라 하여 좋은 술이 생산되었다고 한다. 그래서 술이라면 '신풍'이었다. 항우項羽는 초나라를 세워 한나라 유방과 함께 진나라를 멸망시킨 영웅이며, 소진蘇秦은 중국 전국시대에 말 잘하던 유세객遊說客이다. 그래서 말을 잘하면 소진 장의라고 했다. 지금 김삿갓이 놀고 있는 강은 소동파가 적벽부赤壁賦를 읊었던 그 적벽강은 아니지만 이 땅은 맛있는 술이 나왔던 신풍과 많이 닮아있었다. 오늘날 세상은 돈만 있으면 항우와 같이 힘을 낼 수도 있고, 술에 취하면 말 잘하는 소진도 될 수 있다는 결론을 이끌어내고 있었다.

▲ 한강(漢江)의 적벽도(赤壁圖) 그림

104

看山
간 산

倦馬看山好하여 停鞭故不加라.
권 마 간 산 호 　　　정 편 고 불 가

岩間繞一路하고 煙處或三家라.
암 간 재 일 로 　　　연 처 혹 삼 가

花色春來矣하고 溪聲雨過耶라.
화 색 춘 래 의 　　　계 성 우 과 야

渾忘吾歸去터니 奴日夕陽斜라.
혼 망 오 귀 거 　　　노 왈 석 양 사

산을 바라보며

게으른 말을 타야 산 구경하기 좋아서
채찍을 멈추고 고의로 말을 때리지 않았네.
바위 사이로 겨우 길 하나 나 있는데
연기 나는 곳에 두세 집의 민가가 보이네.
꽃 색깔 고우니 봄 이미 왔음을 알겠고

시냇물 소리 들리니 비 온 줄을 알겠네.
멍하니 서서 돌아갈 생각도 못하는데
해가 기울어 간다고 하인이 말하고 있네.

산을 구경하는 것으로 시의 제목을 정했다. 그냥 산을 보는 것으로 끝내지 않고 하나하나 세밀하게 산을 바라보며 정서적인 시상도 함께 생각하는 내용이다. 꽃이 고우니 봄 온 줄을 알겠고, 시냇물 소리 들리니 비가 내린 줄도 알겠다는 것은 능청스런 이 시인의 시적인 표현이다. 그래서 해지는 줄도 모르고 이 산을 바라보고 있다고 했다.

| 도움말 |

주마간산이라 했으나 주마간산이 아니고, 차곡차곡 산의 이모저모를 잘 관찰하고 지나간다. 그래서 게으른 말을 타고 채찍질도 하지 않았다고 했다. 끝 구절에 '奴曰(노왈)'이 나오는데, 말을 타고 종을 데리고 다니는 김삿갓이 아니다. 시를 짓다 보면 멋으로 말과 종을 넣은 것에 불과하다고 짐작할 수 있다.

105

窓
창

十字相連口字橫하고　間間棧道峽如巴라.
십 자 상 연 구 자 횡　　간 간 잔 도 협 여 파

隣翁順熟低首入이나　稚子難開擧手爬라.
인 옹 순 숙 저 수 입　　치 자 난 개 거 수 파

창

십〔十〕자가 서로 이어지고 구〔口〕자가 빗겼는데
사이사이 험난한 길이 있어 파촉巴蜀가는 골짜기 같네.
이웃집 늙은이는 익숙하게 고개를 숙이고 들어오지만
어린아이는 열기 어렵다고 손가락으로 긁어대네.

| 감상 |

'창'이란 제목으로 쓴 시이다. 아마 亞자 창을 보고 지은 시 같은데, 창살이 이어지는 모양을 표현한 시 같다. 十자와 口자가 이어져서 무늬를 형성해 놓은 것이 귀한 집의 창호 같다. 그래서 늙은이는 고개를 숙이고 들

어온다고 했다.

| 도움말 |

눈 오는 날 김삿갓이 어느 누구의 집을 찾아가자 친구가 일부러 문을 열어주지 않고 窓(창)이라는 제목을 내며 파촉 파〔巴〕와 긁을 파〔爬〕를 운으로 부르면서 이 시를 지으라고 했다. 그래서 김삿갓은 거침없이 이 시를 짓고 그 집에 들어갔다고 한다.

▲김삿갓 동상
강원도 영월군에 위치

106

兩班論
양 반 론

彼兩班此兩班하니　　班不知班何班이라.
피 양 반 차 양 반　　　반 부 지 반 하 반

朝鮮三姓其中班이　　駕洛一邦在上班이라.
조 선 삼 성 기 중 반　　가 락 일 방 재 상 반

來千里此月客班이요　好八字今時富班이라.
내 천 리 차 월 객 반　　호 팔 자 금 시 부 반

觀其兩班厭眞班하니　客班可知主人班이라.
관 기 양 반 염 진 반　　객 반 가 지 주 인 반

양반에 관하여

저 양반, 이 양반, 하고 양반 타령을 하니

'班'이란 도대체 무슨 '班'이 양반인지 모르겠네.

조선의 3성이 그 가운데는 양반이라

가락 김씨가 한 나라에 으뜸 양반이니라.

천 리를 찾아왔으니 이 달이 손님 양반이요

팔자가 좋으니 금시에 부자 양반이라.

그 양반을 보니 진짜 양반을 싫어하니

손님 양반이 주인 양반을 알아볼 만도 하구나.

| 감상 |

제목이 '양반론'이다. 양반이란 내용을 가지고 쓴 시다. 그런데 첫 2구
가 6언이다. 파격 시임에 틀림없는데 김삿갓의 시이니 흉허물없이 넘어간
다. '저 양반, 이 양반' 하는 내용을 내걸고 양반 이야기를 시작한 것이다.
지금에야 양반이 없는 시대이니 말할 것도 없지만 당시만 해도 양반을 따
질 시대였었다. '손님 양반, 주인 양반'을 따져서 김삿갓은 손님 양반이요,
그 집 주인은 주인 양반이다.

| 도움말 |

김삿갓이 어느 양반 집에 갔더니 양반입네 하고 거드름을 피우며 족보를 따져
물었다. 집안 내력을 밝힐 수 없는 삿갓으로서는 기분이 상할 수밖에 없었다.
주인 양반이 대접을 받으려면 행실이 양반다워야 하는데, 먼 길 찾아온 손님을
박대하니 그따위가 무슨 양반이냐고 놀리고 있다.

107

暗夜訪, 紅蓮
암 야 방 홍 련

探香狂蝶半夜行하니	百花深處摠無情이라.
탐 향 광 접 반 야 행	백 화 심 처 총 무 정
欲採紅蓮南浦去라가	洞庭秋波小舟驚이라.
욕 채 홍 련 남 포 거	동 정 추 파 소 주 경

어두운 밤, 홍련을 찾아가다

향기 찾는 미친 나비 한밤중에 나가보니

온갖 꽃 깊은 곳에 모두 모두 무정하네.

홍련을 캐려고 남포로 내려가다가

동정호 가을 물결에 작은 배가 놀라네.

| 감상 |

　'홍련'은 기생 이름이다. 한밤중에 꽃을 찾는 미친 나비는 김삿갓 자신
이니, 홍련을 찾아가 보아도 다 무정하게 대하고 있었다. 여기서 '백화심
처百花深處'는 기생방인 것 같다. 반겨주는 사람이 없었다. 이 시에서 다음

두 구절이 멋있는 시구詩句다. '채련을 하려고 남포에 가니 동정호의 추파에 작은 배가 놀라다' 에서 그 기생방에서 김삿갓의 위인을 짐작할 수 있었다.

'홍련' 을 만나려고 여러 여인들이 자고 있는 기생방을 한밤중에 찾아갔는데 어둠 속에서 얼결에 '추파秋波' 라는 기생을 밟고는 깜짝 놀랐다. '가을 물결에 작은 배가 놀랐네.' 하는 것이 그것을 말하고 있다.

| 도움말 |

동정(洞庭)은 두보의 '登岳陽樓(등악양루)' 의 배경이 된 중국 호남성에 있는 동정호洞庭湖를 말한다.

▲ 동정호(洞庭湖)

108

煙竹 ❶
연 죽

身體長蛇項似鳶하고　行之隨手從手筵이라.
신 체 장 사 항 사 연　　행 지 수 수 종 수 연

全州去來千餘里하니　幾度蒼山幾渡船고?
전 주 거 래 천 여 리　　기 도 창 산 기 도 선

담뱃대 ❶

길이가 길기는 뱀과 같고 목은 솔개 같네,

갈 때는 항상 손을 따라 함께 자리하는구나.

찾아다닌 모든 고을 거리는 일천여 리나 되리니

푸른 산은 얼마며 물은 배로 얼마나 건넜을까?

| 감상 |

　'담뱃대'를 노래하고 있다. 담뱃대는 옛날 아주 소중한 소지품으로 사
람이 항상 가지고 다녔으니, 가는 곳마다 이 담뱃대가 따라다녔다. 첫 구에
서는 담뱃대의 모양을 묘사했고, 온 고을로 떠나 다니면 담뱃대도 따라다

니는 그 거리를 말하고 있다. 어디 안가는 곳이 없다고 했으니 김삿갓의 담뱃대는 그와 함께 온 고을로 떠돌아 다녔을 것이다.

| 도움말 |

전주全州는 지명이 아니고, 온 고을을 말한다.

▲ 필휴집(必携集)
난고 김병연이 영월부 백일장에서 지었던 시가 실려있는 조선시대 시집

109

攬車
교 거

揮手一人力으로　生花二木德이라.
휘 수 일 인 력　　생 화 이 목 덕

耳出蒼蛙聲하고　口吐白雲色이라.
이 출 창 와 성　　구 토 백 운 색

씨아

한 사람이 손을 내저어서

두 나무에서 꽃이 막 피어나네.

귀에서는 청개구리 소리가 나고

입으로는 흰 구름 하얗게 토해내네.

| 감상 |

　무명의 씨아질 하는 모습을 표현하고 있다. 보통 씨아질은 한 사람이 앉아서 씨를 빼내는데, 구름송이 같은 무명이 나온다. 그 모양을 시로 표현한 것이다. 씨아의 귀에서는 개구리 같은 울음소리가 들린다는 것은 묘한 청

각현상을 말하고 있다. 그리고 끝에 가서는 입으로 흰 구름송이를 토해낸 다는 시각적 표현은 아주 재미있다.

| 도움말 |

이 씨아는 무명을 발라내는 기구로 지방마다 그 명칭이 다르다. 경북에는 쒜기, 강원도애서는 쒜미, 경남에는 쉬, 각 지방마다 그 명칭이 가각 다르다.

▲김삿갓 친필 서각
김삿갓문학관에 소장(송암 문제선선생께서 김삿갓의 친필을 직접 서각하여 기증한 것임)

110
安邊,飄然亭
안 변 표 연 정

飄然亭子出長堤하니 鶴去樓空鳥獨啼라.
표 연 정 자 출 장 제   학 거 누 공 조 독 제

十里烟霞橋上下하고 一天風月水東西라.
십 리 연 하 교 상 하   일 천 풍 월 수 동 서

神仙蹤跡雲過杳하고 遠客襟懷歲暮幽라.
신 선 종 적 운 과 묘   원 객 금 회 세 모 유

羽化門前無問處하니 蓬萊消息夢中迷라.
우 화 문 전 무 문 처   봉 래 소 식 몽 중 미

안변의 '표연정'에서

'표연정'을 나오면 긴 둑이 있나니
학이 날아간 빈 누에는 새만 홀로 울고 있네.
십 리의 연하煙霞는 다리 위아래로 내리고
하늘 높이 달이 뜨니 물은 동서로 흐른다.
신선의 종적은 구름 속에 아득히 지나가고

나그네 옷깃에는 한해도 저물어 그윽하구나.
우화문羽化門 앞에서는 물을 곳도 없으니
봉래산 소식은 꿈속인 양 아득하기만 하구나.

안변에 있는 표연정飄然亭에서 쓴 시다. 한 해도 저물어가는 길손에게는
더욱 간절한 감정이 앞서 있었을 것이다. 이 정자에는 새들만 홀로 울고
하늘에는 달도 밝아 나그네 수심을 더욱 북돋운다. 봉래산에 산다는 신선
의 소식을 물을 길이 없어 꿈속처럼 아득하기만 하다는 것이 이 시인의 시
적 정서요 그 심정이다.

| 도움말 |

이 표연정飄然亭은 함경남도 안변에 있었던 정자. 김삿갓이 이까지 찾아가서 이
정자에 올라 쓸쓸한 심회를 북돋우고 있다. 본래 3수로 되어 있는 것을 한 수만
적는다. 다른 한 수의 시는 율곡의 시라고 널리 알려진 작품이므로 뺐다. 봉래
산蓬萊山은 신선이 산다는 전설적인 산이다.

111

登,百祥樓
등 백 상 루

淸川江上百祥樓하니　萬景森羅未易收라.
청 천 강 상 백 상 루　　만 경 삼 라 미 이 수

錦屛影裏飛孤鶩하고　玉鏡光中點小舟라.
금 병 영 리 비 고 목　　옥 경 광 중 점 소 주

草偃長堤靑一面이요　天底列峀碧千頭라.
초 언 장 제 청 일 면　　천 저 열 수 벽 천 두

不信人間仙境在하니　密城今日見瀛洲라.
불 신 인 간 선 경 재　　밀 성 금 일 견 영 주

'백상루'에 올라

청천강 가에는 '백상루'가 있으니

그 경치 아름다워 쉬이 떠나지 못하네.

병풍 같은 그림자 속엔 외로운 따오기 날고

거울 같은 풍광 속에 작은 배를 띄웠네.

풀이 파란 긴 언덕은 푸른빛이 감돌고

▲ 백상루(百祥樓)

하늘 밑 저 바위산은 푸른색이 짙었구나.

인간은 선경이 있다는 걸 다 믿지 못하느니

밀성에서 오늘에야 영주瀛洲를 보았다네.

| 감상 |

　백상루에 올라서 멀리 경관을 바라보며 삼라만상의 아름다운 경치를 감상하고 있다. 여기서 마치 신선의 경지 같아서 신선의 세계가 따로 있는 게 아니라 이곳이 바로 영주이니, 여기서 아름다운 신선의 세계를 즐겨보고 싶다는 것을 표현하고 있다. 여기가 바로 영주瀛洲를 본 것이라고 그는 혼자 말하고 있다.

| 도움말 |

　청천강은 평안북도 적유령에서 발원하여 희천, 영변, 정주, 안주를 거쳐 서해로 들어가는 강이다. 이 백상루는 청천 강가에 있는 누각이며, 영주는 삼신산의 하나로 진시황과 한무제가 불로초 불사약을 구하러 가던 선경, 그 영주산을 말한다.

112

惰婦 ❶
타　부

惰婦夜摘葉하여　纔成粥一器라.
타 부 야 적 엽　　재 성 죽 일 기

廚間暗食聲에　山鳥善形容이라.
주 간 암 식 성　　산 조 선 형 용

게으른 여자

게으른 여자가 저녁에 나물을 따 넣고
겨우 죽 한 그릇을 만들었네.
부엌에서 몰래 후럭 후럭 먹는 소리를
산새 한 마리 프럭 프럭 흉내를 내네.

| 감상 |

　게으른 여자가 혼자 먹으려고 나물 넣고 죽을 한 그릇을 쑤어서 몰래 혼자 먹으려고 하니 어느새 산새가 알고 엿보고 있다는 해학적인 시다. 옛날 게으르고 못난 여인이 식구 몰래 훔쳐 먹던 일이 종종 있었다. 이런 일을

김삿갓도 아마 본 모양이었다.

| 노움말 |

선형용善形容은 형용을 매우 잘한다는 말.

▲김병연 편지
강릉에 있는 친구인 김석사에게 보내는 편지 (영인본)

113

蛙
와

草裏逢蛇恨不飛하고 澤中冒雨怨無蓑라.
초 리 봉 사 한 불 비　　　택 중 모 우 원 무 사

若使世人敎拑口하면 夷齊不食首陽薇라.
약 사 세 인 교 겸 구　　　이 제 불 식 수 양 미

개구리

풀숲에서 뱀을 만나면 날지 못함이 한스럽고
연못 속에 비 맞으면 삿갓 없음을 원망하네.
만약 세상 사람들의 입을 꿰맬 수만 있다면
백이숙제가 고사리를 먹지 않아도 되었을 것을…

| 감상 |

　개구리에 대한 시다. 여기에 나오는 소재로서는 개구리, 뱀, 삿갓, 백이
숙제, 수양산의 고사리 등이 나온다. 이것들이 모두 개구리와 관계있다.
개구리가 날수만 있다면 뱀을 두려워할 일이 없으며, 개구리가 물속에서

비를 맞을 때 삿갓이 없음을 원망한다고 했다. 세상 사람들이 모두 입을 봉해놓고도 살 수만 있다면 백이숙제는 수양산 고사리를 먹지 않아도 살았을 것이다.

덧붙임

여기의 이 시는 가정법을 사용하고 있다. 만약 개구리가 '~했더라면'으로 시작하여 백이숙제까지 모두 가정법의 형식을 취하고 있다. 백이숙제는 주나라 곡식을 먹지 않는다고 해서 수양산에서 고사리를 캐 먹다가 굶주려 죽었다.

114

苽
고

外貌將軍衛요　中心太子燕이라.
외 모 장 군 위　　중 심 태 자 연

汝本地氣物이　何事體天團고?
여 본 지 기 물　　하 사 체 천 단

참외

외모는 장군 위청衛淸과 같고

가운데 속은 태자 단丹과 같이 붉구나.

너는 본래 땅의 기운을 받은 사물이거늘

무슨 일로 하늘 둥근 것을 본받았는고?

| 감상 |

　'苽'는 '산수국'으로 '苽米(고미)'라고도 하는 것인데, 이 시의 내용으로 보아서 '참외'를 노래한 것이다. 외모는 위청장군처럼 둥글게 생겼고, 그 속은 연나라 태자 단丹처럼 의혈義血을 가졌다고 했다. 너는 본래 땅의

기운을 받아서 생겨난 사물이건만 어째서 하늘의 둥긂을 본받아서 둥글게 되었는가? 무심히 지나쳐버린 참외를 보고 이렇게 표현하고 있다.

---| 덧붙임 |---

위청衛淸은 중국 한나라 무제 때 무장의 이름이다. 연태자는 춘추전국시대 연나라의 태자 단丹을 말한다. 그는 진나라에 잡혀가서 고통을 겪다가 도망쳐 나와서는 형가를 고용하여 역수에서 이별하여 그를 보냈다. 그러나 형가는 진나라에서 잡혀 죽었다. 연나라 태자 단丹은 이름처럼 의협심과 일편단심의 붉은 마음을 가졌었다.

115

雪景
설 경

飛來片片三月蝶이요　踏去聲聲六月蛙라.
비 래 편 편 삼 월 접　　　답 거 성 성 유 월 와

寒將不去多言雪하고　醉或以留更進盃라.
한 장 불 거 다 언 설　　　취 혹 이 류 갱 진 배

설경

눈 내리는 모습은 삼월의 나비 같고

눈 밟는 소리는 유월의 개구리 소리 같네.

주인은 추워서 못 간다고 눈을 핑계 삼고

취하여 머물라고 술을 다시 나아오느니.

| 감상 |

　눈 내리는 모양과 눈을 밟고 다니면 나는 소리를 나비와 개구리울음소
리로 표현했다. 운자도 맞지 않지만 표현이 아주 간결하다. 현대시도 이만
한 표현을 하기 힘들 것이라는 생각이 든다. 7언 절구라면 운자 3자가 맞

아야 하는데, 현대 자유시처럼 서정 위주의 간결한 시 형식이다.

다언설多言雪은 눈이 많이 내릴 것이라는 예언을 말한다. 갱진배更進盃는 눈이
오는 날은 오갈 데가 없으니 술이나 마시자는 뜻.

116
金剛山 ❸
금 강 산

矗矗金剛山은　高峰萬二千이라.
촉 촉 금 강 산　　고 봉 만 이 천

遂來平地望하고　三夜宿靑天이라.
수 래 평 지 망　　삼 야 숙 청 천

금강산 ❸

우뚝 솟은 금강산은

높은 봉이 일만이천이라

드디어 평지에 와서 바라보고

삼일 밤을 청천靑天에서 잠을 잤다네.

| 감상 |

금강산을 묘사하고 또 표현하고 있다. 금강산이 빽빽이 솟아있어 어림
잡아 세어보아도 일만이천봉은 됨직하다. 돌아와서 평지에 누워 금강산을
바라보고 삼일 동안을 밤에 누워 잠자며 금강산을 바라보았다니 김삿갓은

금강산의 아름다움에 눈을 떼지 못하고 있다는 뜻이다.

| 도움말 |

  촉촉矗矗은 높고 아득하다는 뜻으로, 矗은 '높이 솟은 모양'을 말한다.

117

大同江上
대 동 강 상

大同江上仙舟泛하니　吹笛歌聲泳遠風이라.
대 동 강 상 선 주 범　　취 적 가 성 영 원 풍

客子征驂聞不樂하리　蒼梧山色暮雲中이라.
객 자 정 참 문 불 락　　창 오 산 색 모 운 중

대동강에서

대동강 위에 선주仙舟가 떠있으니

피리 부는 노랫소리 멀리 바람에 날리네.

마차 탄 나그네는 즐거움을 알지 못하리

푸른 오동나무 산색은 이미 날이 저물었구나.

| 감상 |

　대동강의 원경을 노래하고 있다. 강물 위에는 선사仙槎를 띄우고 피리
부는 노랫소리가 멀리 바람을 타고 들려오는데, 배를 못타고 마차를 타고
떠나가는 나그네는 아마 이 소릴 듣지 못하리라. 이미 하루가 저물고 있어

서 오동나무 푸른 색깔이 어두워가고 있구나.

| 도움말 |

정참征驂은 멀리 떠나가는 마차를 말함. 정참停驂으로 된 곳도 있음. 창오산색蒼
梧山色은 푸른 산빛을 말함.

▲ 대동강(大同江)

118

開城
개 성

故國江山立馬愁하니　半千王業一空邱라.
고 국 강 산 입 마 수　반 천 왕 업 일 공 구

燈生廢墻寒鴉夕에　葉落荒臺白雁秋라.
등 생 폐 장 한 아 석　엽 락 황 대 백 안 추

石狗年深難轉舌하고　銀臺陀滅但垂頭라.
석 구 연 심 난 전 설　은 대 타 멸 단 수 두

周觀別有傷心處에　善竹橋川咽不流라.
주 관 별 유 상 심 처　선 죽 교 천 열 불 류

개성

고국의 강산을 보고 가던 길 멈춰 한숨 쉬니

반 천 년 왕업이 공허한 빈 언덕만 남았구려!

연기나는 무너진 담장, 까마귀 나는 저녁에

낙엽 지는 황대荒臺에 흰기러기 떼 날아가네.

석구石狗는 오래되어 짖지도 못하고 서 있고,

▲선죽교(善竹橋)

은대銀臺는 무너져서 그 머리만 드리웠네.

이것저것 살펴봐도 마음만 아픈 곳뿐인데

선죽교 냇물은 목이 메어 흐르지도 못하네.

| 감상 |

김삿갓이 고려의 옛 도읍지 개성을 찾았다. 반 천 년 왕업이 허무하게 남아있고, 저녁연기 오르는 낡은 담장에는 까마귀 떼만 날고 있었다. 낙엽 지는 황대荒臺 위로 기러기 날아가는 이 가을에 석구石狗도 짖지 못하고 목 이 메어 섰는데, 은대는 무너져 머릿돌만 남아 있다. 이것저것 살펴볼수록 마음만 아픈데 선죽교 다리 밑에 흐르는 물은 오열하여 아직도 흐르지 못 하고 있다.

| 도움말 |

황대, 석구, 은대는 모두 고려시대의 유물이다. 〔銀臺〕가 〔銅臺〕로 된 곳도 있 고, 咽이 洇으로 된 책도 있다.   • 타멸陀滅 : 무너지고 소멸되다.

119

關王廟
관 왕 묘

古廟幽深白日寒하니　全身復見漢衣冠이라.
고 묘 유 심 백 일 한　　전 신 부 견 한 의 관

當時未了中原事하여　赤兎千年不解鞍이라.
당 시 미 료 중 원 사　　적 토 천 년 불 해 안

관우의 사당에서

옛 사당 깊은 곳에 날씨 또한 추운데

온몸의 한나라 의관을 여기서 다시 보겠네.

당시의 중원 일을 끝내지 못하고 죽었으니

적토마赤兎馬의 안장을 아직까지 풀지 못했네.

| 감상 |

　김삿갓이 서울에 있는 관우 장군의 사당을 찾아 느낌을 표현하고 있다.
조선시대에 관우의 사당이 서울에 동묘, 남묘, 북묘가 있어 관우의 제사를
지내던 곳이다. 여기서 중국 삼국시대 유비의 장군인 관우를 다시 생각하

며 그때 삼국을 통일 못한 관우가 아직도 말안장을 풀지 못하고 있다는 표현이 그때의 역사적 사실을 말하고 있다.

| 도움말 |

관왕묘는 관우의 사당을 말하고 있다. 서울에 있었던 관우 장군의 사당이다. 적토마赤兔馬는 관우가 타고 다니던 천리마로 이름이 높았던 말이다.

▲ 관왕묘(關王廟) 서울특별시 동대문구 숭인동에 위치.

제5부

아, 그립다 말을 할까?

120

大同江,練光亭
대 동 강 연 광 정

截然乎屹立高門하고　碧萬頃蒼波直翻이라.
절 연 호 흘 입 고 문　　벽 만 경 창 파 직 번

一斗酒三春過客이　千絲柳十里江村이라.
일 두 주 삼 춘 과 객　　천 사 류 십 리 강 촌

孤舟鶩帶來霞色이요　雙白鷗飛去雪痕이라.
고 주 목 대 내 하 색　　쌍 백 구 비 거 설 흔

波上之亭亭上我하고　坐初更夜月黃昏이라.
파 상 지 정 정 상 아　　좌 초 경 야 월 황 혼

대동강의 연광정에서

끊어질 듯 높은 정자 우뚝하게 솟아있고
푸르른 만경창파 날아갈 듯 넘실대네.
한 말 술로 살아가는 삼춘三春의 과객이
실실이 늘어진 버드나무 '십리강촌' 저기라네.
뱃머리에 물오리는 안개빛을 띠어있고

▲ 연광정(鍊光亭)

한 쌍의 갈매기는 눈빛처럼 하얗구나.

파도 위엔 정자 있고 정자 위에 내가 섰다

초저녁 황혼에 앉아 밤까지도 못 떠났네.

| 감상 |

　대동강에 있는 연광정에 앉아 이 시를 쓰고 있다. 대동강이 아름다워 그
대동강가의 정자인 연광정이야 얼마나 아름답겠냐? 그대로 시가 쏟아져
나올 것 같다. 노을이 지고 있고, 멀리 날고 있는 갈매기가 눈빛처럼 하얗
다. '파도 위에는 정자요 정자 위에 내가 있다.' 라는 표현이 참 아름답다.
그리고 멀리 보이는 능라도를 보고 있으니 시간 가는 줄도 몰라 황혼에 앉
아서 밤이 되어도 떠나지 못하고 있다.

| 도움말 |

• 截然(절연) : 끊어질 듯한. • 屹立(흘립) : 우뚝 높이 솟다. • 十里江村(십리강촌) :
능라도綾羅島를 가리킴. • 鶩 : 물오리 목. • 更夜(경야) : 여기서는 초경야初更夜
를 말함. 즉, 황혼 녘을 말함.

121

登,廣寒樓
등 광 한 루

南國風光盡此樓하고 龍城之下鵲橋頭라.
남 국 풍 광 진 차 루　　　용 성 지 하 작 교 두

江空急雨無端過하고 野潤餘雲不肯收라.
강 공 급 우 무 단 과　　　야 활 여 운 불 긍 수

千里筇鞋孤客到하니 四時茄鼓衆仙遊라.
천 리 공 혜 고 객 도　　　사 시 가 고 중 선 유

銀河一脈連蓬島하니 未必靈區入海求리요.
은 하 일 맥 연 봉 도　　　미 필 영 구 입 해 구

광한루에 올라

남쪽의 좋은 경치 이 누각에 다 있구나,

용성 그 아래에 오작교가 거기 있네.

강물 위에 소나기 한 점 갑자기 지나가고

넓은 들판 저쪽엔 구름 한 점 떠 있을 뿐.

천 리 길 죽장망혜 고객孤客 하나 이르나니

사시사철 피리 소리에 신선이 노니는 듯.

은하수 한 줄기가 봉래산에 와 닿으니

신선을 어찌 꼭 바다에서만 구할까 보냐.

| 감상 |

김삿갓이 광한루에 와서 그 풍광을 노래하고 있다. 호남 제일 풍경을 한
껏 즐기면서 용성과 오작교를 멀리 바라보고 있다. 천릿길을 찾아온 김삿
갓이 감계무량하게 느끼는 것은 여기서 신선을 생각하며 하필이면 봉래산
에 가서 신선을 구할까? 여기가 그보다 더 좋은 곳임을 격찬하고 있다.

| 도움말 |

영구靈區는 신선이 사는 곳.

▲ 광한루(廣寒樓)

122

開城人, 逐客詩
개 성 인 축 객 시

邑號開城何閉門고?　山名松嶽豈無薪고?
읍 호 개 성 하 폐 문　　　산 명 송 악 기 무 신

黃昏逐客非人事라　　禮義東方子獨秦이라.
황 혼 축 객 비 인 사　　　예 의 동 방 자 독 진

개성 사람, 나그네를 쫓다

고을 이름은 개성인데 어째서 문을 닫는고?

산 이름은 송악인데 어째서 땔감 없단 말인가?

황혼에 나그네 쫓는 것은 예의가 아니라네,

예의동방에서 그대만이 홀로 진시황인가?

| 감상 |

　김삿갓이 개성 누구네 집에서 하룻밤을 자려고 유숙을 청했다. 그러나 주인은 땔나무가 없다는 이유로 문을 닫고 김삿갓을 내쫓았다. 그는 억울하고 부끄럽고 자존심 상하게 거절을 당하고 보니 그냥 있을 수가 없었다.

시를 한 수 지어 대문에 붙이고 나왔으니, / 고을 이름이 개성인데 왜 문을 닫나? / 산 이름이 송악인데 어째서 땔감이 없다고 하느냐? / 황혼에 나그네를 쫓는 것이 예의가 아니니, / 그대 홀로 폭군 진시황인가? / 하고 나무란다.

| 도움말 |

'開城(개성)'은 성문을 열다이고, 산 이름이 '松嶽(송악)'은 바로 섶이 있다는 뜻이라는 지명과 산명을 풀어서 나무란다. 과연 김삿갓다운 기지에 찬 시를 지어 후세토록 그 작품을 남겼다. 거기에다가 '黃昏逐客非人事(황혼축객비인사)'를 들면서 '禮義東方(예의동방)'에 그대만이 폭군 진시황이란 말인가? 하고 나무란다.

▲ 개성(開城, 남대문)

123
風俗薄
풍 속 박

斜陽叩立兩柴扉하니 三被主人手却揮라.
사 양 고 립 양 시 비   삼 피 주 인 수 각 휘

杜宇亦知風俗薄하고 隔林啼送不如歸라.
두 우 역 지 풍 속 박   격 림 제 송 불 여 귀

야박한 풍속

석양 무렵 사립문 두드리며 서있는 나그네

주인은 세 번이나 손 저으며 거절을 한다.

두견새도 그 집 풍속 ‘야박함’을 알아서

숲 속에서 울면서 ‘그만 돌아가라’고 일러주네.

| 감상 |

　김삿갓이 해가 질 무렵 어느 누구의 사립문 앞에서 문을 두드리며 하룻
밤만 재워달라고 애원을 했다. 그러나 그 집 주인은 세 번이나 손 흔들고
는 거절을 한다. 야박한 집주인의 야박한 품성을 이미 알고 있는 두견새도

숲 속에서 '不如歸(불여귀)'라고 울면서 '그냥 돌아가는 것이 좋겠다.'고 한다. 야박한 풍속을 저 미물인 두견새도 이미 알고 있었다.

| 도움말 |

• 斜陽(사양) : 해가 기울다. •手却揮(수각휘) : 손을 흔들다. 거절을 뜻함. •杜宇 (두우) : 두견새. 두견새는 울 때에 '歸蜀道不如歸(귀촉도불여귀)'라고 운다고 하니 '不如歸(불여귀)'를 이 시에 인용하여 썼다. 즉 돌아감만 못하다.

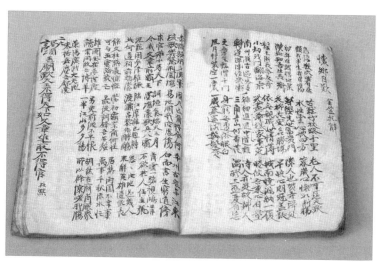

▲금옥(金玉)
난고 평생시가 실려있는 옛 한시집

124

艱飮野店
간 음 야 점

千里行裝付一柯하니　餘錢七葉尙云多라.
천 리 행 장 부 일 가　　여 전 칠 엽 상 운 다

囊中戒爾深深在터니　野店斜陽見酒何오?
낭 중 계 이 심 심 재　　야 점 사 양 견 주 하

주막에서

천릿길 행장이 지팡이 하나뿐,

남은 돈 일곱 닢이 오히려 많아라.

주머니 속 깊이깊이 넣어두려 했건만

석양 무렵 주막에서 술 보고는 어찌하랴?

| 감상 |

　천릿길을 다녀도 행장은 지팡이 하나뿐, 주머니 속에 남은 돈 일곱 푼을 꼭꼭 숨겨두었더니 석양 무렵 주점 앞을 지나니 갑자기 술 생각이 났다. 돈 일곱 푼을 꼭꼭 숨기며 아끼려고 했는데, 이 무렵 목마른 길손이 술 보

고는 그냥 가지 못하니 어떡하면 좋은가? 하고 탄식하는 소리가 한숨소리로 들린다. / 술 익는 마을마다 / 타는 저녁놀 / 이라는 현대시 한 구절이 생각난다.

| 도움말 |

주머니 속 깊이깊이 숨겨둔 돈 일곱 닢, 그에게는 소중한 재산이었다. 석양 무렵 목마른 주막에 당도하니 술 생각이 간절했다.　•付一柯(부일가) : 지팡이 하나에 의지함. '葉'은 동전을 셀 때 '한 닢', '두 닢'으로 세는 단위이다.

125

網巾
망　건

網學蜘蛛織學蛩하여　小如針孔大如鞏이라.
망 학 지 주 직 학 공　　　소 여 침 공 대 여 공

須臾捲盡千莖髮이면　烏帽接䍦摠附庸이라.
수 유 권 진 천 경 발　　　오 모 접 리 총 부 용

망건

거미에게 그물 짜기를, 귀뚜라미에게 베 짜기를 배워서

작은 것은 바늘구멍 같고 큰 것은 돗바늘 구멍 같아라.

잠시 동안 천 갈래 더부룩한 머리를 모두 묶고 나면

갓이나 관들이 다 따라와서는 씌워지는구나.

| 감상 |

　망건은 옛날 머리를 묶고 상투를 드리고 그 위에다 망건을 쓰고 다시 그
위에다 갓이나 오사관烏紗冠을 쓰게 된다. 검은 명주실로 가늘게 짜서 머
리를 감싸는 관을 망건이라 불렀다. 지금은 보기도 힘들지만 옛날엔 망건

없이는 갓도 못쓰게 되는 중요한 머리 장식품이라 할 수 있다.

| 도움말 |

　　김삿갓이 어느 마을에 갔는데, 어떤 사람이 자기 머리에 쓴 '망건'을 두고 시를
　　지으라면서 蚊, 釜, 庸을 운자를 부르기에 거기에 직답直答하여 7언 절구를 지
　　었다고 한다. 오모烏帽와 접리接罹는 부용품附庸品의 한 가지임.

126

警世
경 세

富人困富貧困貧하고　飢飽雖殊困則均이라.
부 인 곤 부 빈 곤 빈　　　기 포 수 수 곤 즉 균

貧富俱非吾所願이니　願爲不富不貧人이라.
빈 부 구 비 오 소 원　　　원 위 불 부 불 빈 인

세상을 깨우침

부자는 부자라서, 가난한 이는 가난해서 걱정을 하고

배고프고 배부름은 다르지만 근심은 꼭 같아라.

가난도 부자도 나의 소원은 아닐세 그려,

가난도 부자도 말고 그냥 보통사람이 되고파라.

| 감상 |

　부자는 부자대로 걱정, 가난한 이는 가난한 대로 걱정, 그래서 속담에
'천석꾼은 천 가지 걱정, 만석꾼은 만 가지 걱정' 이라고 했다. 김삿갓은 이
시에서 '배고프고 배부름은 다르지만 근심은 꼭 같다' 고 했다. 그러니 김

삿갓은 나는 부자도 말고 가난도 말고 그냥 보통사람이 되기를 희원하고 있다. 지금의 서민생활이 바로 김삿갓이 원하는 그런 사람일 것이다.

| 도움말 |

본래의 제목이 비세 '譬世' 로 되어 있으나 '경세' 로 하는 것이 의미상 옳다고 본다.

127

火爐
화　로

頭似虎豹口似鯨하니　詳看非虎亦非鯨이라.
두 사 호 표 구 사 경　　　상 간 비 호 역 비 경

若使雇人能盛火하면　可煮虎頭可煮鯨이라.
약 사 고 인 능 성 화 ·　　가 자 호 두 가 자 경

화로

머리는 호랑이 같고 입은 고래 같으니

자세히 보니 호랑이도 아니요 고래도 아닐세.

머슴을 시켜 불을 담아오게 하면

호랑이 머리도 굽고 고래도 구울 수 있겠네.

| 감상 |

　화로를 시적으로 형상화한 작품이다. 요즈음은 전기난로나 히터가 있어 옛날 같은 화로를 잘 보지 못하지만, 옛날에는 방마다 화로가 있어 거기에다 온갖 것 다 구워 먹을 수도 있었다. 고래 경(鯨)자를 운자로 연거푸

부르니까 이렇게 밖엔 지울 수가 없었을 것이다. 여기에 머슴이 불을 담아 온다는 사실은 옛날이야기 같지만 그때는 사랑방에 주로 머슴들이 화로에 불을 담아내오곤 했었다.

| 도움말 |

김삿갓이 어느 집에 숙식을 요청하니 그 집 주인이 시를 지으면 요구를 들어주 겠다면서 운자를 부르는데 고래, 경(鯨)자를 연거푸 3번이나 불러서 괴롭혔지만 김삿갓은 이런 훌륭한 시를 지을 수 있었다.

▲시학운총(詩學韻叢)
김병연을 비롯한 우리나라 역대 문인들의 시를
집대성한 한시집

128

訃告
부   고

柳柳花花라.
유 유 화 화

부고

버들버들하다가 꼿꼿해졌다.

　　(버들버들 떨다가 그냥 꼿꼿하게 죽었다) - 부고

| 감상 |

　전해오는 말인지, 혹은 김삿갓이 한 말인지는 확실하지 않다. 어느 마을
을 지나다 보니 초상이 났다고 했다. 그런데 그 마을에는 모두 무식해서
부고장을 쓰지 못하고 있었다고 한다. 김삿갓에게 부고장을 써달라고 하
니 '柳柳花花'라고 썼다. 그 내용인즉, 죽을 때 어떻게 죽더냐 하고 물으
니, '버들버들하다가 꼿꼿해지더라' 하자, 이렇게 부고를 썼다고 했다. 이
'부고장'이란 것은 김립 시집(필사본)에 실려 있는 것으로 여기에 싣는다.

| 도움말 |

이 '유유화화'는 한자의 음이 아니고 뜻으로 풀이하되 반복적 효과를 내고 있다. 역시 익살이 섞인 내용이요, 일회요, 연연 유희인 것이다.

▲ 동국명현서율 2책(東國名賢書律 2冊)
김립시를 포함한 조선시대의 저명시인 시 모음집

129

力拔山
역 발 산

南山北山神靈曰, 項羽當年難爲山이라. -甲童
남 산 북 산 신 령 왈 　 항 우 당 년 난 위 산

右拔左拔投空中하니 平地往往多新山이라. -乙童
우 발 좌 발 투 공 중 　 평 지 왕 왕 다 신 산

項羽死後無壯士하여 誰將拔山投空中고? -金笠
항 우 사 후 무 장 사 　 수 장 발 산 투 공 중

힘으로 산을 뽑다

남산, 북산, 신령님이 말하기를

항우의 당년에는 산을 만들기 어렵다네. - 갑동

오른쪽 왼쪽 산을 다 뽑아서 공중에 던지니

평지에 이따금 새로운 산이 많이 생겼네. - 을동

항우 죽은 뒤에 장사壯士가 없어져서

누가 산을 뽑아 저 공중에다 던질꼬? - 김립

| 감상 |

이 '역발산' 이란 말을 가지고 세 사람이 시로 화답하고 있다. 갑동왈甲童曰, 남북 산에 있는 산신령이 말하기를, 항우 당년에는 산을 만들기 어렵다고 했고, 을동왈乙童曰, 좌우에 있는 산을 모두 뽑아서 던지니 평지에 새로운 산이 생겨났다고 했으며, 김립왈金笠曰, 항우 죽은 뒤에 장사가 없어졌으니 누가 산을 뽑아 공중에 던질까? 하고 의문을 제시하고 있다.

▲ 항우(項羽)

| 도움말 |

항우가 힘이 얼마나 센지 '力拔山氣蓋勢(역발산기개세)' 라고 했으니, 항우의 힘은 '산도 뽑을 수 있고 기운은 세상을 덮는다.' 라고 하였다. 항우는 '초한지' 에 나오는 초나라의 장수 항우項羽로서, 초인적인 영웅으로 묘사되어 있다.

130

山水詩
산 수 시

山如劒氣衝天立이요　水學兵聲動地流라. −金笠
산 여 검 기 충 천 립　수 학 병 성 동 지 류

山欲渡江江口立이요　水將穿石石頭廻라. −崔氏
산 욕 도 강 강 구 립　수 장 천 석 석 두 회

山不渡江江口立이요　水難穿石石頭廻라. −金笠
산 불 도 강 강 구 립　수 난 천 석 석 두 회

산과 물

산은 칼의 기운을 받아 하늘을 찌를 듯 섰고

물은 병사의 소리를 배워 땅을 움직여 흐르네. −김립

산은 강을 건너고자 강 입구에 섰고,

물은 돌을 뚫으려고 돌 머리에서 돌고 있네. −최씨

산은 강을 건너지 못해 강 어구에 서 있고

물은 돌을 뚫기 어려워 돌 머리에서 돌고 있네. −김립 산과 물에 관한 시로서 최 씨라는 사람과 김삿갓이 서로 화답하는 시다. 여기에는 산과 물과 강과 돌과 이런 자연적 소재로서 최 씨와 김삿갓이 시로 화답하고 있다. 시의 묘한 기교를 부리는 듯, 묘한 이미지를 시화詩化한 작품이다. 특히 화답하는 시는 한시라야만 가능하다. 현대시는 이런 화답시가 없어서 아쉽다.

| 도움말 |

江江, 石石, 頭廻 등의 반복에 유의하실 것.

131

輓詞 ❷
만   사

歸何處 歸何處요 三生瑟 五彩衣를 都棄了 歸何處.
귀 하 처 귀 하 처   삼 생 슬 오 채 의   도 기 료 귀 하 처

有誰知 有誰知요 黑漆漆 長夜中에 獨啾啾 有誰知요.
유 수 지 유 수 지   흑 칠 칠 장 야 중   독 추 추 유 수 지

何時來 何時來요 千疊山 萬重水에 此一去 何時來요.
하 시 래 하 시 래   천 첩 산 만 중 수   차 일 거 하 시 래

만사 ❷

어디로 가느냐? 어디로 가느냐? 삼생연분 좋은 금슬과 좋은 옷을
어찌 버리고 어디로 가느냐?

누가 알리요 누가 알리요, 캄캄한 한밤중에 홀로 우는 소리를 어느
누가 알리요.

언제 오리요 언제 오리요, 천첩 산, 만중 물에 이렇게 한 번 가면 어
느 때 오리요.

| 감상 |

만사輓詞는 만가輓歌라고도 하며 만장輓狀이라고도 한다. 사람이 죽어 상여가 나갈 때 친구나 가까운 사람이 글을 지어 휘장에 써서 상여 뒤에 따라서 함께 나가는 장례의식이다. 여기 이 만사는 애절한 슬픔이 절절이 넘치는 슬픈 내용의 글이다. 그래서 반복과 애절한 사연이 굽이굽이 흘러내리는 품이 아주 절절하다.

| 도움말 |

• 三生瑟(삼생슬) : 아내를 말함. • 五彩衣(오채의) : 자식을 말함. • 獨啾啾(독추추)
  : 홀로 울다.

132

平壤
평 양

千里平壤十里於로다　大蛇當道人皆也니라.
천 리 평 양 십 리 어　　대 사 당 도 인 개 야

落日練光亭下水는　　白鷗無恙去來乎이라.
낙 일 연 광 정 하 수　　백 구 무 양 거 래 호

평양

천 리나 되는 평양 땅이 십 리나 더 늘어졌구나.(於 : 늘 어)

큰 뱀 길에 나타난 것처럼 사람들이 모두 '이야' 하고 놀란다.

(也 : 이키 야)

해 지는 연광정 아래 흐르는 물 위에는

흰 갈매기 하릴없이 온통(乎 : 온 호) 오가는구나.

| 감상 |

　평양에 들러서 '평양' 이란 제목으로 쓴 시다. 천 리를 달려 찾아온 평양 땅이 십 리나 늘어난(於) 듯 멀고, 구불구불한 길에 큰 뱀이 나타난 듯 모두

'야也' 하고 놀란다. 즉, 첫 구절에서는 평양이 멀다는 것을, 둘째 구절은 평양을 보고 감탄하는 것을 이렇게 표현했다. 여기에 김삿갓의 시적 기교나 센스가 있다. 연광정이 솟아있는 그 아래로 대동강 물이 유유히 흐르고 있는데, 그 위로 하릴없이 갈매기만 '온통(乎)' 날고 있다는 사실을 이렇게 표현하고 있다.

| 도움말 |

이 시는 운자가 들어갈 자리에 모두 어조사를 넣어서 지은 것이 특색이다. 천자문 맨 끝에는 焉(이끼 언), 哉(이끼 재), 乎(온 호), 也(이끼 야)란 어조사가 있다. 여기에서 2자를 인용하고 於자를 또 인용했다. 於(늘 어), 也(이끼 야). 乎(온 호)가 그것이다. 於는 '늘어났다'로, 也는 '야!' 하고 놀라는 감탄사로, 乎는 '온통'으로 '모두'라는 뜻으로 사용된 것이 이 시의 특색이다.

▲ 평양(平壤)

133

與, 李氏三女吟
여 이 씨 삼 녀 음

折枝李之三枝하니　知李家之三女라.
절 지 리 지 삼 지　　지 이 가 지 삼 녀

開面鏡而反覆하니　望晦間之來期라.
개 면 경 이 반 복　　망 회 간 지 래 기

이 씨의 셋째 딸과 함께 읊음

오얏나무 셋째 가지를 꺾으니

이李씨네 집의 셋째 딸임을 알겠네.

거울을 열었다 다시 닫으니

보름과 그믐 사이에 오라는 약속이겠다.

| 감상 |

　김삿갓이 어느 마을 이 씨네 집을 찾았다. 오얏나무 셋째 가지를 꺾었다는 것은 이 씨네 집 셋째 딸을 의미하는 것이다. 거울을 열었다 덮는 것은 보름과 그믐을 상징하는 것으로 보름과 그믐날 사이에 오라는 약속이었

다. 이 시는 6언의 시다. 한시에 6언의 시가 있느냐의 문제다. 역시 김삿갓은 이런 규칙을 완전 무시하고 이 시를 지은 것이다.

| 도움말 |

왕유의 시에 전원락田園樂이란 시가 6언으로 시도된 것이 있긴 있다. 또 박상진 朴尙鎭 의사의 옥중시獄中詩도 6언으로 시도되었다.

※ 거울을 열면 환히 밝으니 보름을 의미하고, 거울을 닫으면 깜깜 어두우니 그 믐을 의미한다.

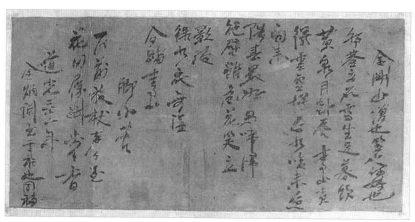

▲김삿갓 친필
1850년 화순 동복에서 금강산 시회의 일부를 써 놓은 친필

134
扶餘妓生,共作
부 여 기 생 공 작

白馬江頭黃犢鳴하고(김립)
백 마 강 두 황 독 명

老人山下少年行이라.(기생)
노 인 산 하 소 년 행

離家二月今三月하니(김립)
이 가 이 월 금 삼 월

對客初更時五更이라.(기생)
대 객 초 경 시 오 경

澤裡芙蓉深不見하고(김립)
택 리 부 용 심 불 견

園中桃李笑無聲이라.(기생)
원 중 도 리 소 무 성

良宵可興比於誰오?(김립)
양 소 가 흥 비 어 수

紫午山頭月正明이라.(기생)
자 오 산 두 월 정 명

부여의 기생과 함께 짓다

백마강 머리에서 노란 송아지가 울고 - 김삿갓

노인산 아래에 소년이 지나가네요. - 기생

집 떠날 때는 이월인데 지금은 삼월이니 - 김삿갓

손님 대할 때는 초경인데 지금은 오경이네요. - 기생

연못 속의 부용꽃은 너무 깊어 못 보고 – 김삿갓

동산의 도리화는 웃어도 소리가 없습니다. –기생

좋은 밤 흥겨우니 어디에 비유할꼬? – 김삿갓

자오산 산머리에는 달이 정말 밝습니다. –기생

| 감상 |

　김삿갓과 기생이 한 구씩 섞바꾸어 시를 지었다. 멋진 7언 율시가 되었다. 운자도 맞고 내용도 서로 조화를 맞추어 안짝과 바깥짝이 잘 맞는 시다. 이 시는 대구를 맞추어 내용과 형식이 잘 갖추어진 시다. 이 기생이 누군지는 모르나 시를 잘하는 기생임에 틀림없다. 이때 기생과 김삿갓이 이런 시를 짓고는 아마 행복한 밤이 되었을 것이다.

| 도움말 |

　여기에 노인산老人山. 자오산紫午山 등의 산이 나오는데, 실제로 이런 산이 있는지는 모르겠다. 그냥 시 속에만 나오는 산인지도 모르겠다.

135
問僧
문　승

僧乎汝在何山寺요?　寺在鷄龍上上阿라.
승 호 여 재 하 산 사　　사 재 계 룡 상 상 아

昔聞鷄龍今見汝터니　景物風光近如何오?
석 문 계 룡 금 견 여　　경 물 풍 광 근 여 하

스님께 묻다

스님! 그대 어느 절에 계신가요?

계룡산 맨 꼭대기에 제 절이 있습니다.

옛날 들었던 그 계룡산을 지금 그대 보았을 테니

경관과 풍광이 요즈음은 어떠합디까?

| 감상 |

　김삿갓이 어느 스님을 만나 '그대는 어느 절에 계시는가요?' 하고 묻는
다. 스님은 계룡산에 있다고 한다. 김삿갓이 또 묻기를 '계룡산의 풍광이
근래는 어떠하냐?' 고 다시 묻는다. 이 시는 스님과 김삿갓이 묻고 대답하

는 것으로 끝을 맺고 있다. 그래서 이 시는 문답 형식으로 이루어진 시다.

| 도움말 |

　이 시는 7언 절구의 문답 형식의 시다.

▲계룡산

136

金剛山,立岩峰下,庵子,詩僧共吟(抄)
금 강 산 입 암 봉 하 암 자 시 승 공 음

朝登立岩雲生足하고(스님)　暮飮淸泉月掛脣이라.(김립)
조 등 입 암 운 생 족　　　　모 음 청 천 월 괘 순

絶壁雖危花笑立이요(스님)　陽春最好鳥啼歸라.(김립)
절 벽 수 위 화 소 립　　　　양 춘 최 호 조 제 귀

天上白雲明日雨하고(스님)　岩間落葉去年秋라.(김립)
천 상 백 운 명 일 우　　　　암 간 낙 엽 거 년 추

影沒綠水衣無濕이요(스님)　夢踏靑山脚不勞라.(김립)
영 몰 녹 수 의 무 습　　　　몽 답 청 산 각 불 로

群鵜影裡千家夕이요(스님)　一雁聲中四海秋라.(김립)
군 제 영 리 천 가 석　　　　일 안 성 중 사 해 추

靑山買得雲空得이요(스님)　白水臨來魚自來라.(김립)
청 산 매 득 운 공 득　　　　백 수 임 래 어 자 래

雲從樵兒頭上起하고(스님)　入山漂娥手裡鳴라.(김립)
운 종 초 아 두 상 기　　　　입 산 표 아 수 리 명

月白雪白天地白이요(스님)　山深水深客愁深이라.(김립)
월 백 설 백 천 지 백　　　　산 심 수 심 객 수 심

燈前燈後分晝夜하고(스님)　山南山北判陰陽이라.(김립)
등 전 등 후 분 주 야 　　　　　 산 남 산 북 판 음 양

금강산 입암봉 아래 암자에서 스님과 함께 시를…

아침에 바위에 오르니 구름이 발에서 나오고 – 스님

저물어 맑은 샘물을 마시니 달이 입술에 걸리네. – 삿갓

절벽이 비록 위태로우나 꽃은 웃으며 섰고 – 스님

봄빛이 아무리 좋아도 새는 울고 돌아가네. – 삿갓

하늘 위의 흰 구름은 내일에는 비가 되고 – 스님

바위 사이 떨어진 낙엽은 지난해의 가을의 것 – 삿갓

그림자에 빠진 푸른 물에는 옷이 젖지 않고 – 스님

꿈속에 청산에 올라가도 다리는 아프지 않네. – 삿갓

여러 접동새 그림자 속에는 마을이 이미 저물고 – 스님

한 마리의 기러기 소리에 세상엔 가을이 오네. – 삿갓

청산을 사 오면 구름은 공짜로 얻어오고 – 스님

흰 물 밀려오면 고기는 스스로 따라오네. – 삿갓

구름은 나무하는 아이의 머리 꼭대기에서 일어나고 – 스님

산에서 빨래하는 소리는 아가씨 손에서 울리네. – 삿갓

달도 희고 구름도 희고 온 천지가 온통 흰데 – 스님

산도 깊고 물도 깊고 나그네 수심도 깊네 – 삿갓

등잔의 앞과 뒤는 밤과 낮으로 구분되고 – 스님

산의 남북은 음과 양으로 갈라져 있네. – 삿갓

| 감상 |

이 시는 금강산에 있는 스님과 '입암봉'에 올라가서 서로 시를 주고받은 작품이다. 안짝은 스님이, 바깥짝은 김삿갓이 서로 화답하는 것으로 되어 있다. 주로 금강산의 산경을 눈에 보이는 것을 중심으로 잔잔하게 펼쳐 나가는 시상이 참 아름답다. 스님이 먼저 시상을 꺼내어 한 구를 읊으면 김삿갓이 화답해나가는 재주가 놀랍기까지 하다. 특히나 '月白雪白天地白, 山深水深客愁深'이라고 하는 장면에 감탄을 자아낸다.

| 도움말 |

본래는 이보다 더 많은 시가 있었는데 중간중간 몇 수씩을 빼고 싣는다.

137
求鷹判題
구 응 판 제

得於靑山하여 失於靑山하니
득 어 청 산　　 실 어 청 산

問於靑山하여 靑山不答커든
문 어 청 산　　 청 산 부 답

卽速促來하라.
즉 속 촉 래

매〔鷹〕를 찾는 재판을 제목으로

청산에서 얻어 청산에서 잃었으니

청산에게 물어서 청산이 대답하지 않거든

즉각 청산을 빨리 잡아오라.

| 감상 |

　어느 누가 매를 산에서 붙잡아서 길들이기를 잘하여 매사냥을 위해 산
으로 갔는데 매를 놓는 순간 매는 산속으로 도망쳐 날아가 버렸다. 너무

억울하여 그 고을 원님에게 억울함을 호소하면서 매를 찾아 달라고 떼를 썼다. 원님이 재판 글을 쓰려고 했는데, 마침 김삿갓이 왔기에 원님이 그에게 부탁하여 판결문을 썼다. 이것이 그 고을 원이 상고인에게 내린 판결문이다. 즉각 청산을 잡아오라고 했으니 상고인은 청산을 잡아올 수가 없어서 하는 수 없이 돌아섰다는 이야기다.

| 도움말 |

이 글이 김삿갓과 관계있는 글인지 아닌지는 잘 모른다. 민간에 떠도는 내용으로 알았는데 김립 시집(필사본)에 있기에 여기 싣는다. – (편저자)

138

老嫗
노 구

臙脂粉等買耶否아　冬栢香油亦在斯라.
연 지 분 등 매 야 부　동 백 향 유 역 재 사

老嫗當窓梳白髮하며　更無一語出門遲라.
노 구 당 창 소 백 발　갱 무 일 어 출 문 지

늙은 할미

'연지와 분 사세요,
동백기름도 있어요.'
늙은 할미 창가에 앉아 흰 머리 빗으며
한마디 말도 없이 문에서 나가지 않네.

| 감상 |

  늙은이가 방 안 창 곁에서 흰 머리를 빗질하고 있다. 밖에서 들려오는 소리, 연지분, 동백기름 판다고 선전하는 목소리 ─ . 그러나 이 늙은이는 들은 척도 하지 않는다. 모두 그에게는 소용이 없다는 뜻이다. 여기서 한 여

인의 늙은 인생을 이야기하고 있다. 옛날의 화장품으로 많이 쓰던 분과 동백기름이 새롭게 떠오른다. 늙은 여인의 쓸쓸한 삶을 여기서 보는 듯하다.

| 도움말 |

앞의 두 구절은 화장품 행상이 선전하는 말. '東栢(동백)'이라고 기록된 책도 있다.

139

少年學童,花煎吟
소 년 학 동 화 전 음

鼎冠撑石小溪邊에　白粉青油煮杜鵑이라.
정 관 탱 석 소 계 변　　백 분 청 유 자 두 견

雙箸挾來香滿口하고　一年春色腹中傳이라.
쌍 저 협 래 향 만 구　　일 년 춘 색 복 중 전

소년 학동들의 화전을 읊음

높이 솟은 바위 밑 작은 개울가에서
흰 가루 부침 기름에 두견화를 섞어 전을 부치네.
젓가락 끼고 달려드니 향기는 입에 가득하고
일 년의 봄빛이 뱃속까지 전해지고 있네.

| 감상 |

　김삿갓이 전라도 나주 부근에 있는 작은 마을에 서당 학동들이 화전놀
이를 하고 있었다. 여기 이 시제를 따서 시 한 수를 지은 것이다. 높이 솟은
바위 아래서 화전놀이를 하는 장면을 묘사하고 있다. 흰 쌀가루에 화전을

부치는 현장과 젓가락을 들고 맛있는 화전을 집어 먹으니 봄 향기가 뱃속까지 전해지는 느낌을 받았다고 노래하고 있다. '一年春色腹中傳(일년춘색복중전)' 이 구절이 시 전체를 대변하고 있다.

| 도움말 |

이 시의 본 제목은 '過, 錦城砌川, 見, 少年學童, 花煎詩題吟(과, 금성체천, 견, 소년학동,화전시제음)' 으로 되어있다. 금성은 지명이요, 체천은 개울 이름인 것 같다. 김삿갓이 학동들의 화전놀이에서 그들의 시제를 보고 지은 시라고 한다.

140

門戶穿塗紙吟
문 호 천 도 지 음

風失古竹路하고　月得新照處라. –김삿갓
풍 실 고 죽 로　　　월 득 신 조 처

風動樹枝動하고　月昇水波昇이라. –주인
풍 동 수 지 동　　　월 승 수 파 승

뚫어진 문구멍을 바르며

바람은 낡은 대나무 구멍으로 빠져나가고
달빛은 새로 바른 문 위로 비추고 있네. –김삿갓

바람은 나뭇가지 사이로 불어오고
달은 물이 차오르는 파도 위로 떠오르고 있네. –주인

| 감상 |

　뚫어진 문구멍을 바르고 그것을 시제로 하여 지은 시다. 주인과 김삿갓
이 한 구절씩 지어서 화답하는 내용으로 되어있다. 물론 시의 형식이나 운

자를 무시하고 지은 시다. 여기서 주인과 나그네가 조그만 일, 문을 바르는 것 하나를 가지고 시를 생각할 수 있다는 것이 어쩜 대견한 일인지도 모른다.

| 도움말 |

본 제목이 '主人見, 門戶穿塗紙吟(주인견, 문호천도지음)' 으로 되어 있다.

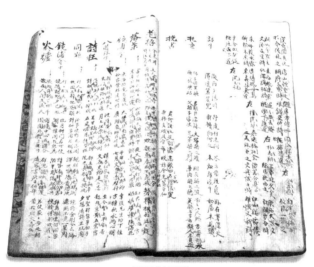

▲동국시(東國詩)
김삿갓의 시 80수가 실린 조선시대 시집

141

秋風訪, 美人不見
추 풍 방 미 인 불 견

一從別後豈敢忘하랴　汝骨爲粉我首霜이라.
일 종 별 후 기 감 망　　　여 골 위 분 아 수 상

鸞鏡影寒春寂寂하고　鳳簫音斷月茫茫이라.
난 경 영 한 춘 적 적　　　봉 소 음 단 월 망 망

早吟衛北歸薺曲하니　虛負周南采藻章이라.
조 음 위 북 귀 제 곡　　　허 부 주 남 채 조 장

舊路無痕難再訪하니　停車坐愛野花芳이라.
구 로 무 흔 난 재 방　　　정 거 좌 애 야 화 방

가을날, 그대 찾아가서 만나지 못함

한 번 헤어졌다고 어찌 그대를 잊으랴

그대 뼈가 가루 되어 내 머리에 서리처럼 내리네.

임자 잃은 거울은 봄이 와도 적적하기만 하고

퉁소 소리 끊기니 달빛만이 아득하구나.

일찍이 북쪽 위나라 '귀제곡歸薺曲'을 부르더니

이제는 주남周南의 '채조장采藻章'도 부르지 못하네.
전에 다니던 길 흔적 없어 다시 오기도 어려우니
가던 길 멈추고 앉아 들꽃이나 사랑하리라.

| 감상 |

바람 불어오는 가을날 옛 아름다운 여인을 찾아갔지만 이미 죽어버리고 없어 만나지 못한 안타까움을 노래한 시다. 김삿갓이 무척 좋아하거나 가까운 여인인 것 같다. 그대와 이별 후에 그리워하는 마음 연연하여 잊은 적이 없다고 했다. 여기에 나오는 '귀제곡'은 사랑의 기쁨을 노래한 시요, '채조장采藻章'은 시경에 나오는 이별을 소재한 곡조 이름이다. 김삿갓이 그 여인과의 주고받은 귀제곡을 추억처럼 생각하며 지금은 채조장을 노래할 경우도 아니라고 말하고 있다.

| 도움말 |

난경鸞鏡은 뒷면에 난새가 그려진 거울이며, 이 새는 애정을 뜻하는 새이다. 봉소鳳簫는 중국 진나라 목공 때 소사簫史가 퉁소를 잘 불었다. 귀제곡歸齊曲은 시경의 시가들 중에 사랑의 기쁨을 노래한 것이고, 채조장采藻章은 시경의 가사들 중, 이별을 주제로 한 것. '停車坐愛(정거좌애)'란 시 구절은 '杜牧(두목)'의 '山行(산행)'이란 시에서 인용했다.

142

鳳龍魚鳥
봉 용 어 조

鳳飛青山鳥隱林하고 龍登碧海魚潛水라.
봉 비 청 산 조 은 림　　용 등 벽 해 어 잠 수

봉황과 용과 고기와 새

봉황이 청산에 뜨면 새는 숲 속에 숨고
용이 푸른 바다에 등천하면 고기는 물속에 잠기네.

│ 감상 │

　봉황과 용과 새와 물고기, 이 네 종류를 비교한 단구로 된 시다. 여기서
비교법을 쓰고 있는데 봉황과 새의 비교요, 용과 물고기의 비교이다. 세상
에서는 봉황에 비유되는 사람과 새에 비유되는 사람, 용과 같은 사람이 있
는가 하면 물고기와 같은 사람도 있을 것이다. 그래서 봉황어조鳳龍魚鳥의
네 부류로 나눌 수 있다. 이것을 비유한 시이다.

한시는 오언절구, 칠언절구, 오언율시와 칠언율시로 분류한다. 여기 이 시는 안짝과 바깥짝의 2구로 서로 대구對句를 이루고 있다. 원칙적으로는 시가 될 수 없는 구조이다. 오직 김삿갓만이 가능하다.

▲ 김립시집(金笠詩集)

조선 후기의 시인 김병연의 시집. 이응수가 시편들을 수집하였다. 국립중앙도서관 소장.

143

僧風惡
슝 풍 악

榻上彼金佛은	何事坎中連고.
탑 상 피 금 불	하 사 감 중 연
此寺僧風惡하여	擇日欲西歸라.
차 사 승 풍 악	택 일 욕 서 귀

중들의 풍습이 고약해서

탑상에 앉은 저 금부처는

무슨 일로 늘 괴롭게만 앉았는고?

이 절 중들의 풍습이 너무 고약해서

날 받아 저승으로 가려는 모양이겠다.

| 감상 |

중들의 습성이 더러워서 그들을 꾸짖는 시다. 탑상 위에 앉아있는 금부
처가 괴롭게 앉아있는 걸 보니 중들의 습성이 고약해서 그러는구나 하고
표현했다. 아마도 중들의 풍습이 고약해서 서쪽 극락으로 돌아가려는 모

양이구나. 부처님이 중이 보기 싫어 떠나고 싶어 하는 것으로 김삿갓은 느끼고 있었다. 김삿갓이 이 절에 가니 중들이 그에게 냉담했던 모양이었다.

| 도움말 |

여기에 감중련坎中連이란 말이 나온다. 감坎은 팔괘의 하나이지만, 여기서는 '괴롭다' 라는 뜻으로 사용되었다. 즉 부처가 괴로운 가운데 자리를 연連하여 앉아 있다는 뜻이다. 불교에서 서쪽은 극락세계를 말한다.

144

鶴城訪,美人不見
학 성 방 미 인 불 견

瓊雨蕭蕭入雪樓하니　　歸尋舊約影無留라.
경 우 소 소 입 설 루　　　　귀 심 구 약 영 무 류

盤龍寶鏡輕塵蝕하고　　睡鶴香爐瑞霧收라.
반 룡 보 경 경 진 식　　　　수 학 향 로 서 무 수

楚峽行雲難作夢하고　　漢宮紈扇易生秋라.
초 협 행 운 난 작 몽　　　　한 궁 환 선 이 생 추

寥寥寂寂江天暮하고　　帶月中宵下小舟라.
요 요 적 적 강 천 모　　　　대 월 중 소 하 소 주

학성에 미인을 찾아갔으나 만나지 못하다

단비는 촉촉이 내리는데 설루에 홀로 들어가니

돌아와 다시 만나려던 옛 임은 그림자도 없어라.

그대 쓰던 거울에는 먼지가 많이 앉아 있고

함께 피우던 향로에는 따뜻한 기운이 이미 가버렸구나.

초협楚峽에 뜬구름은 꿈을 꾸기가 어렵고

한궁漢宮에 흰 부채로는 가을 늦더위를 보내기 쉬우리라.

그대 없는 이 강과 하늘은 너무 고요하게 저물어 가니

달이 밝은 이 밤을 조각배 타고 떠내려가리라.

| 감상 |

학성에 있는 여인을 찾아갔으나 만나지 못하고 돌아간다는 안타까운
내용이다. 단비가 촉촉이 내리는 날 그대 기다렸으나 그대는 없구나. 그대
쓰던 거울은 먼지 낀 채로 남아있고 그때 그 향로도 싸늘하게 식어있구나.
초나라의 그때 그 구름은 꿈꾸기도 어려운데 한궁의 흰 비단부채로 가을
의 늦더위를 날려 보내기도 쉽다고 했다. 그렇게 허무하다는 내용을 김삿
갓은 그 '허무한 심회'를 이 시로 잘 나타내고 있다.

| 도움말 |

학성鶴城은 함경도에 있는 지명. 초협楚峽은 전운이 감도는 초나라의 산협을 말
함. 한궁漢宮은 한나라의 궁전처럼 아득한 학성의 미인의 집을 비유함. • 紈 :
흰 비단 환.

145

諺文詩
언 문 시

腰下佩하니 기역(ㄱ)이요, 牛鼻穿하니 이응(ㅇ)이라.
요 하 패   우 비 천

歸家修하면 리을(ㄹ)이요, 不然点이면 디귿(ㄷ)이라.
귀 가 수   불 연 점

언문 시

허리에 낫을 차니 ㄱ자요, 소코뚜레를 뚫으니 ㅇ자 모양이네.

집에 돌아가서 자기를 닦으면 ㄹ이요, 그렇지 않으면 ㄷ자이니라.

* 歸家修하면 ㄹ이라는 것은 (己)자를 말함.(自己를 수양함)

　그렇지 않으면 그대로 (ㄷ)자로 남는다는 말.

| 감상 |

　ㄹ자를 몸(己)자 로 풀이하고, ㄷ자에 점 하나 더하면 망(亡)자가 된다.
또 술자리에 농담하다가 ㄱ, ㅇ, ㄹ, ㄷ의 이 시를 보고 매우 기뻐서 박수까지 보내기도 했다 한다.

우리 한글을 당시에는 언문이라 했다. 한글의 모양을 보고 이 시를 지었다니 김
삿갓의 재주가 대단하다. 예를 들면, '낫 놓고 ㄱ자도 모른다.'

▲ 우국집(右菊集) 3권
김삿갓문학관에 소장

146

與,趙雲卿上樓
여 조 운 경 상 루

也知窮達不相謀하나　思樂橋邊幾歲周오?
야 지 궁 달 불 상 모　　사 락 교 변 기 세 주

漢北文章今太守요　湖西物望舊荊州라.
한 북 문 장 금 태 수　　호 서 물 망 구 형 주

酒誠狂藥常爲病이요　詩亦風流可與酬라.
주 계 광 약 상 위 병　　시 역 풍 류 가 여 수

野笠殆嫌登政閣이요　抱琴獨倚海山秋라.
야 립 태 혐 등 정 각　　포 금 독 의 해 산 추

조운경과 함께 누에 오르다

궁핍한 나와 영달한 그대 어울릴 수 없음을 잘 알지만

'사락교' 주변에서 몇 해를 두고 우리 함께 하지 않았던가?

한북漢北에서도 문장가로 이름난 그대, 이제 고을원이 되고

호서湖西에서도 높은 물망은 옛날 형주목사 같도다.

술은 미친 약이라고 항상 나를 일깨워주었고

시는 역시 풍류라 즐겨 함께 주고받았지.

나는 삿갓 쓴 야인이라 어찌 누각에 오르랴만

거문고 안고 홀로 가을 산과 바다를 벗하겠네.

| 감상 |

　김삿갓과 마음이 통하는 조운경이 안변 군수로 임명되었다. 그래서 지은 글로서 궁한 자신과 어울릴 수 없는 귀한 신분인데도 가까이 대해주었고 술 마시는 것에 대해서도 항상 걱정을 해주는 고마운 안변태수! 고금을 통해 훌륭한 관리가 되라고 하였다. 두 사람은 가깝고 친한 사이이지만 김삿갓은 자기의 신분을 생각하고 항상 조심하는 그런 사이였다.

| 도움말 |

　사락교思樂橋는 두 사람이 항상 같이 다니던 다리 이름. •한북문장漢北文章 : 한강 북쪽에서 제일가는 문장이란 뜻. 서호는 여기서 충청도를 말하며, 여기서도 형주목사 같은 관리가 나지 않았던가? 하는 뜻이다. 周는 여기서 친교를 맺음을 뜻함.

147

嘲，山老
조 산 로

萬里路長在라가 六年今始歸라.
만 리 로 장 재   육 년 금 시 귀

所經多舊館하나 太半主人非라. (原詩)
소 경 다 구 관   태 반 주 인 비

彎裏老長在하여 彎年今始貴라.
만 리 노 장 재   육 년 금 시 귀

所經多舊冠이나 太飯主人非오. (金笠)
소 경 다 구 관   태 반 주 인 비

산속 늙은이를 비웃다

오랫동안 만리萬里 노정에 있다가
육 년 만에야 처음 돌아왔구나.
지나가는 곳에 낯익은 집이 많으나
그 태반은 옛 주인이 아니로다. ─ 원시

산속의 늙은이가 오래도 사는구나,

나이를 팔아(먹어서) 지금은 귀한 몸이로세.

이곳 지나는 사람 모두 구면이나

콩밥 주는 저 주인, 인사가 영 글렀군! - 김삿갓

| 감상 |

이 시는 어느 노인의 원시原詩에 화답했던 시다. 저 나이 먹은 늙은이는 오래도 사는 것 같네. 지금은 나이 들어 귀한 몸이 되었구나. 이곳을 지나가는 모든 사람들은 대충 알겠지만 저기 '저 콩밥 주는 영감은 손님 대하는 인사가 아주 글러먹었구나' 하고 야유를 퍼붓는다. 김삿갓이 이 마을을 자주 찾아갔기에 이곳 사람을 태반이나 알고 있는데 저 노인은 나를 대하는 인사가 아주 글러먹었다고 했다.

| 도움말 |

이 시는 백낙천의 '尙山路有感'이란 시인데, 이것을 글자만 바꿔서 고약한 산골 노인을 조롱하는 시를 지었다.

• 鬻(육) : '팔다'라는 뜻으로 사용됨.

▲ 백낙천(白樂天)

제6부

그의 시와 인생이 여기에도 있다

148

木枕
목 침

撑來偏去伴燈斜하니　做得黃粱香粟誇라.
탱 래 편 거 반 등 사　　주 득 황 량 향 속 과

爲體方圓經匠巧하나　隨心轉側作朋嘉라.
위 체 방 원 경 장 교　　수 심 전 측 작 붕 가

五更冷夢同流水하고　一劫前生謝落花라.
오 경 냉 몽 동 류 수　　일 겁 전 생 사 낙 화

兩兩鴛鴦難畵得하고　平生合我一鰥家라.
양 양 원 앙 난 화 득　　평 생 합 아 일 환 가

목침

목침을 끌어당겨 등잔과 짝하여 베고 누우니
세상사 아무것도 부러워 자랑할 것 없노라.
생김새는 목수의 솜씨로 모나고 둥글지만
마음대로 굴러서 벨 수 있으니 늘 좋은 친구라네.
새벽의 매정한 꿈은 모두 함께 흘려 보냈고

오랜 세월 전생의 일들은 지는 꽃처럼 아름다워라.

한 쌍의 원앙은 그림만으로도 얻기 어려우니

평생에 외로운 홀아비에겐 이것만이 제격이구나.

| 감상 |

  등잔불 아래 목침을 베고 누웠으니 이 세상 아무것도 부러울 것이 없다
는 김삿갓의 유유한 생각이 여기에 잘 나타나있다. 방 안에 놓인 목침을
끌어당겨 마음대로 배고 잠이 들면 꿈속에 아름다운 원앙을 꿈꾸기도 하
고 홀아비 방 안에는 이만한 물건도 그에게는 합당하고 안성맞춤이다.

| 도움말 |

  목침은 나무로 만든 나무 베게이다. 옛날 초당 방이나 사랑방에 굴러다니던 목
침을 말한다. '難畵得' 을 '雙畵得' 으로 된 곳도 있다. 兩兩은 한 雙雙이란 뜻으
로 풀이.

149

紙
지

濶面藤牋木質情이니　舖來當硯點毫輕이라.
활 면 등 전 목 질 정　　포 래 당 연 점 호 경

耽着蒼籤千編積이요　誕此靑天萬里橫이라.
탐 착 창 록 천 편 적　　탄 차 청 천 만 리 횡

華軸僉名皆後進하고　文房列座獨先生이라.
화 축 첨 명 개 후 진　　문 방 열 좌 독 선 생

家家資爾糊窓白이요　永使圖書照眼明이라.
가 가 자 이 호 창 백　　영 사 도 서 조 안 명

종이

넓은 잎 등나무로 만든 것이 종이의 본질이니

벼루 옆에 펴놓고 붓으로 점과 획을 긋는다.

겹겹이 쌓인 천만 권의 책을 모두 읽었고

이것을 쭉 펴 놓는다면 만리萬里 하늘까지 뻗으리라.

화려한 그대들의 이름도 모두 이 종이로 쓴 것이요

문방사우에서도 종이가 가장 높고 으뜸일세.
집집마다 창문을 발라 환히 방을 밝히고
길이길이 책을 만들어 우리의 눈을 밝혀준다네.

| 감상 |

　종이에 대한 시다. 문방사우 가운데 가장 으뜸인 이 종이는 본래 등나무나 닥으로 만든 것으로 우리 생활 주변에 가장 많이 쓰인다. 접어서 만권 서책을 만들 수도 있고 집집마다 창호지로 사용하여 방 안을 밝히기도 한다. 그리고 책을 만들어 글을 배워서 사람들의 눈을 밝히기도 한다는 것이 이 종이의 혜택이다.

| 도움말 |

　여기서 종이는 우리의 한지인 창호지를 말한다. 牋(전)은 종이요, 籙(록)은 서적임.

150

筆
필

四友相須獨號君하니　中書總記古今文이라.
사 우 상 수 독 호 군　　　중 서 총 기 고 금 문

銳精隨世昇沈別하고　炎舌由人巧拙分이라.
예 정 수 세 승 침 별　　　염 설 유 인 교 졸 분

畵出蟾烏照日月하고　模成龍虎動風雲이라.
화 출 섬 오 조 일 월　　　모 성 용 호 동 풍 운

管城歸臥雖衰禿하나　寵擢當時最有勳이라.
관 성 귀 와 수 쇠 독　　　총 탁 당 시 최 유 훈

붓

사우四友가 어울린 중에 홀로 군이라 불리니

중서로 고금 문장을 다 기록케 하는구나.

정예함에 따라 출세와 침체가 구분되고

너 뜨거운 혀끝(붓끝)으로 사람의 인품도 구별된다네.

두꺼비와 까마귀를 해와 달 아래 분명히 그려내고

용과 범을 모방하니 풍운도 일어나는구나.

그대 비록 쇠하고 닳아 여기 돌아와 누워 있으나

종애로 발탁되었을 땐 홀로 공이 높았도다.

| 감상 |

　여기 "붓"을 소재로 하여 지은 작품이다. 해학과 풍자가 녹아 있는 김삿 갓의 시를 대하다 보면 자신도 그의 시 세계에서 함께 하는 것 같아서 마음 이 여유로워진다. 그 대상이 무엇이든지 그것을 즐긴다면 자신에게는 오 락이라 할 수 있다. 어쩌면 지루해질 수도 있는 것을 자신의 오락으로 만 든다면 중도에 그만두는 일도 없을 것이다. 오늘도 나는 그 오락을 하면서 한 해를 보낸다. 내년에도 여전히 그 오락을 할 것이다.

| 도움말 |

　• 중서中書 : 붓의 다른 이름.　• 염설炎舌 : 붓끝.　• 관성管城 : 관성자管城子로 붓 을 뜻한다. 문방사우文房四友는 紙, 筆, 墨, 硯이다.

151

硯
연

腹坦受磨額凹池하니　拔乎凡品不磷奇라.
복 탄 수 마 액 요 지　　발 호 범 품 불 인 기

濃研每値工精日하니　寵任常從興逸時라.
농 연 매 치 공 정 일　　총 임 상 종 흥 일 시

楮老敷容知漸變하고　毛公尖舌見頻滋라.
저 노 부 용 지 점 변　　모 공 첨 설 견 빈 자

元來四友相須力이　圓會文房似影隨라.
원 래 사 우 상 수 력　　원 회 문 방 사 영 수

벼루

배는 갈려서 패이고 이마는 오목한 연못이 되었으니

평범한 돌일 뿐이요 진기한 옥돌은 아니로다.

짙게 갈리는 동안 필력筆力이 날로 정교해지니

은혜로운 그 책임은 언제나 인재를 만드는 것일세.

널따란 종이가 점점 변하는 것을 알겠고

뾰족한 붓끝이 자주 먹물에 적셔짐을 보겠네.
본시 네 친구와 모름지기 서로가 협력하는 것이니
문방의 둘레에 모여 그림자 따르듯 하는구나.

| 감상 |

　벼루는 문방사우라 하여 공부방이나 선비의 곁에 꼭 있어야 하는 필기
도구의 하나이다. 벼루는 돌로 만들어졌지만 항상 먹을 갈기 때문에 벼루
의 면이 갈려서 움푹 들어가기 마련이다. 선비들이 먹을 갈아서 붓으로 글
씨를 쓰는데, 이 벼루야말로 선비를 더욱 선비답게 한다는 김삿갓의 생각
이 시에 잘 드러나 있다. 그래서 벼루는 옛날 문방사우文房四友에서 그림자
처럼 꼭 따라다녔다.

| 도움말 |

　• 요지凹池 : 오목 들어간 벼루의 면을 말함.　• 저로楮老 : 종이.

152

簾
렴

最宜城市十街樓하니　遮却繁華取闃幽라.
최 의 성 시 십 가 루　차 각 번 화 취 격 유

三更皓月玲瓏照하니　一陣紅埃隱映浮라.
삼 경 호 월 령 롱 조　일 진 홍 애 은 영 부

漏出琴聲風乍動하고　覘看山影霧初收라.
누 출 금 성 풍 사 동　첨 간 산 영 무 초 수

林蔥萬類眞顔色이　盡入窓欄半掛釣라.
임 총 만 류 진 안 색　진 입 창 롱 반 괘 조

발

도시의 네거리 누각에 있어야 제격이니

번화함을 물리치고 그윽하게 하기 때문이라.

한밤중 밝은 달이 영롱하게 비추니

한 무리 붉은 티끌 은은하게 떠도는구나.

새어나는 거문고 소리 바람에 잠시 흔들리고

엿보니 산에 어린 안개는 이미 걷히고 없구나.

무성한 수풀, 여러 가지 참모습의 색깔이

모두 다 창으로 들어와 난간에 반쯤 걸렸구나.

| 감상 |

발〔簾〕은 번화한 시가지의 누각에 걸려 있어야 제격이다. 온갖 번잡하고 화려한 것들을 살며시 가려 주어 그윽하고 조용함을 느낄 수 있게 하기 때문이다. 교교한 달빛 아래 발 사이로 새어드는 빛을 받고 떠다니는 티끌을 완상玩賞할 수가 있고, 산을 두르고 있는 안개의 풍치風致도 발을 통하여 엿볼 수 있는 것이다. 무성한 숲의 나무로 깎아 만든 주렴珠簾이기에 그 모양도 갖가지로, 마치 울창한 수풀을 창으로 들여와 난간에 걸어 놓은 것 같음을 아름답고 섬세한 감각으로 읊은 시詩이다.

| 도움말 |

• 격유闃幽 : 고요하고 그윽함. • 임총林蔥 : 숲이 무성한.

153

煙竹 ❷
연 죽

圓頭曲項又長身하고　銀飾銅裝價不貧이라.
원 두 곡 항 우 장 신　　은 식 동 장 가 불 빈

時吸靑煙能作霧하고　每焚香草暗消春이라.
시 흡 청 연 능 작 무　　매 분 향 초 암 소 춘

寒燈旅館千愁伴하고　細雨江亭一味新이라.
한 등 여 관 천 수 반　　세 우 강 정 일 미 신

斑竹年年爲爾折하니　也應堯女泣湘濱이라.
반 죽 연 년 위 이 절　　야 응 요 녀 읍 상 빈

담뱃대 ❷

둥근 머리 구부러진 목에 긴 몸뚱이를

은식銀飾 동장銅裝하니 그 값이 헐치 않겠구나!

때론 푸른 연기 빨아 안개를 만들어내고

매번 향초를 태워 몰래 봄을 소멸 시키누나.

외로운 등잔 여관방에서 천 가지 수심 벗이 되고

가랑비 내리는 강정江亭에서는 그 맛이 새롭겠구나.
반죽이 해마다 널 위해 꺾이어 나가니
마땅히 요堯임금 딸이 상강湘江에서 눈물 흘리리라.

| 감상 |

연죽은 담뱃대를 말한다. 옛날에는 이 담뱃대가 소중한 생활도구로 항상 지참하고 다니는 소지품이기도 하다. 또 담뱃대의 길이에 따라 그 사람의 위상을 나타내기도 했다. 길이가 길면 길수록 나이와 권위를 말하고, 그 장죽이 반죽이면 그만큼 호사스런 권위를 나타낸다. 담배를 빨아서 입으로 뿜어내는 모양이나 색깔로서 한층 멋으로 생각하고 있었다.

| 도움말 |

반죽斑竹은 얼룩점이 박힌 참대. 상강湘江이 그 명산지이다. 요임금의 두 딸로 아황蛾黃과 여영女英이 있었는데, 동정호에 빠져 죽어서 아직도 거기에 살고 있다는 전설이 있음. 소상반죽은 동정호 소상에서만 있으니, 이것을 겪으면 아황과 여영이 운다는 뜻이다.

154
八大家詩
팔 대 가 시

李謫仙翁骨已霜하고　柳宗元是但垂芳이라.
이 적 선 옹 골 이 상　　유 종 원 시 단 수 방

黃山谷裏花千片하고　白樂天邊雁數行이라.
황 산 곡 리 화 천 편　　백 락 천 변 안 수 항

杜子美人今寂寞하고　陶淵明月久荒涼이라.
두 자 미 인 금 적 막　　도 연 명 월 구 황 량

可憐韓退之何處요　惟有孟東野草生이라.
가 련 한 퇴 지 하 처　　유 유 맹 동 야 초 생

팔대가의 이름으로 쓴 시

이백 옹의 백골은 이미 서리가 되었고

유종원은 다만 이름만 빛나도다.

황산 계곡 안에는 낙화 천만 잎 흩날리고

백락의 하늘가엔 줄지은 기러기 소리 구슬프다.

두자라는 미인도 이젠 적막하고

도연명 밝은 달 기울어진 지 오래일세.

가련ㅎ구나! 한韓은 물러나 어디에 갔는고?

다만 맹동의 뜰엔 잡초만 무성하도다.

| 감상 |

여기에 팔대가들이 동원되고 있다. 이 팔대가들을 시의 소재로 하여 그들의 문학적 업적을 희화戱話한 시 작품이다. 이백, 유종원, 황산곡, 백낙천, 두자미, 도연명, 한퇴지, 맹동야 등이다. 그래서 이백은 이미 백골, 유종원은 이름만, 황산계곡에는 낙화가 지고, 백락천은 기러기 소리 슬프다고 했다. 두자미는 이미 고인이 되고 도연명의 달은 기울어진 지 오래며, 한퇴지는 어디에 있는고? 맹동야에는 잡초만 무성하다. 이렇게 이름을 풀어 희화하고 있다.

| 도움말 |

두자미는 두보杜甫이며, 이적선은 이백李白이다.

▲두보(杜甫)

▲이백(李白)

155

太
태

字在天皇第一章하니　穀中此物大如王이라.
자 재 천 황 제 일 장　　곡 중 차 물 대 여 왕

介介全黃蜂轉蜜이요　團團或黑鼠瞳眶이라.
개 개 전 황 봉 전 밀　　단 단 혹 흑 서 진 광

新抽臘甌盤增菜하고　潤入晨廚鼎減糧이라.
신 추 랍 증 반 증 채　　윤 입 신 주 정 감 양

當時若漏周家粟이면　不使夷齊餓首陽이라.
당 시 약 루 주 가 속　　불 사 이 제 아 수 양

콩

이 글자가 천황天皇 제 일장에 먼저 나오니

크기도 곡식 중에는 왕과 같은 존재다.

알알이 모두 누런 것은 벌이 꿀을 바른 것 같고

둥글둥글한 몸에 박힌 검은 점은 쥐 눈알과 같고나.

시루에 길러서 새로 솟아나면 밥상의 나물이 되고

불러서 부엌에 가져가면 솥에 양식이 절감된다.

만일 좁쌀을 안 먹던 주나라 시대에 콩이 있었다면

백이숙제가 수양산에서 굶주리지 않았으리라.

| 감상 |

콩은 곡식 가운데 가장 크고 귀중한 것이다. '태고라 천황씨' 라는 말이
사략史略에 처음 나오는 것을 봐도 곡식 가운데 콩이 으뜸이라고 할 수 있
다. 콩이 누런 것은 벌들이 꿀을 바른 것 같고, 콩의 눈이 검은 것은 마치
쥐가 눈을 부릅뜨는 것과도 같다. 콩나물을 만들면 나물 없는 겨울철에 좋
은 채소가 되고 물에 불려서 밥을 지으면 양식이 늘어난다. 만약 주나라
때 콩이 있었다면 백이숙제가 수양산에 들어가서 굶어죽지 않아도 되었을
것이다.

| 도움말 |

첫 구절 '天皇第一章'은 史略 첫머리에 '太古라 天皇氏는…' 첫 장에 나온다
는 말이다. •粟 : 조 속.

156

燈火
등 화

檠長八尺掛層軒이요　其上玉盃磨出崑이라.
경 장 팔 척 괘 층 헌　　　기 상 옥 배 마 출 곤

未望月何圓夜夜하고　非春花亦吐村村인가?
미 망 월 하 원 야 야　　　비 춘 화 역 토 촌 촌

對筵還勝看白日하고　挑處能爲逐黃昏이라.
대 연 환 승 간 백 일　　　도 처 능 위 축 황 혼

雖謂紅燈光若是하나　時時寧照覆傾盆이라.
수 위 홍 등 광 약 시　　　시 시 녕 조 복 경 분

등불

팔 척이나 높은 처마에 걸려있는 저 등불

그 위에 얹힌 옥배 곤륜산에서 캐온 옥으로 만들었지.

보름달도 아닌데 어째서 밤마다 달이 뜨는가?

봄도 아닌데 어째서 마을마다 웬 꽃은 피었는가!

자리를 깔고 앉았으면 백일을 보는 것보다 좋고

▲ 곤륜산(崑崙山)

심지를 돋우면 능히 황혼을 쫓아내는구나.
비록 홍등가의 밝음이 이같이 밝다고 이르기는 하나
때때로 어찌 단지 옆은 곳까지 비치게 할 수 있으랴…

| 감상 |

　등불의 밝음을 시로 표현하고 있다. 이때만 해도 조명기기가 없을 때이
니 촛불이나 등불이 제일 밝은 것으로 알려져 있을 때다. 등불이 밝은 것
을 보고 보름날도 아닌데 어쩌서 저 등불이 이렇게 보름달처럼 밝은가? 하
는 것을 보면 등잔불의 밝음을 경탄하고 있다. 그래서 심지를 돋우어 황혼
을 쫓고, 홍등가의 밝음이 비록 밝다고는 하나 단지 옆어둔 그 속까지야 비
칠 수 있을까 하고 말하고 있다.

| 도움말 |

　• 경장檠長 : 등잔걸이.　• 곤崑 : 중국의 곤륜산을 뜻함.

157

狗
구

稟性忠於主饋人하니 呼來斥去任其身이라.
품 성 충 어 주 궤 인　　　호 래 척 거 임 기 신

跳前搖尾偏蒙愛하고 退後垂頭却被嗔이라.
도 전 요 미 편 몽 애　　　퇴 후 수 두 각 피 진

職察奸偸司守固하고 名傳義塚領聲頻이라.
직 찰 간 투 사 수 고　　　명 전 의 총 영 성 빈

褒勳自古施帷蓋하니 反愧無力尸位臣이라.
포 훈 자 고 시 유 개　　　반 괴 무 력 시 위 신

개

타고난 성품이 충직하여 밥 주는 이 잘 섬기고

부르면 오고 물리치면 가고 시키는 대로 하네.

꼬리 흔들며 앞으로 오니 귀여움을 독차지하고

호통치면 뒤로 물러 다소곳 꾸지람을 듣네.

하는 일은 못된 도둑 살펴 집 잘 지키고

때로는 의로운 일을 알려 칭찬도 받네.

예로부터 그 공로 칭찬 베풀어 표창하였으니

하는 일 없이 벼슬하는 신하가 도리어 부끄럽구나.

| 감상 |

　개를 두고 노래한 시다. 개를 충견이라 한다. 사람의 말을 잘 듣고 사람을 따르기 때문에 그렇게 불렀다. 그러나 밤에는 도둑을 지키고 주인이 부르면 나아오고 쫓으면 물러가는가 하면 주인 없는 시체를 발견하면 주인께 달려와서 알리는 것이 개의 본성이다. 그래서 충성을 다하는 개보다 못한 신하가 많다는 것은 다 인정하고, 능력 없이 벼슬하는 신하가 오히려 부끄러울 지경이라고 했다.

| 도움말 |

　• 의총義塚 : 의로운 무덤.　• 유개帷蓋 : 휘장과 덮개. 칭찬. 여기서는 훈장을 의미함.　• 시위尸位 : 하는 일 없이 자리만 지키며 녹을 받아먹는 일.

158

鷹
옹

萬里天如咫尺間에 俄從某峀又玆山이라.
만 리 천 여 지 척 간　아 종 모 수 우 자 산

平林搏兎何雄壯고 也似關公出五關이라.
평 림 박 토 하 웅 장　야 사 관 공 출 오 관

매

아득한 만 리라도 그 하늘 지척인 양 날아와서

갑자기 저 산에서 번쩍하더니 이 산으로 돌아오네.

우거진 숲 속에서 토끼를 잡으니 어찌 장하지 않을꼬?

마치 관우가 오관에서 나오는 듯 당당하구나.

| 감상 |

　매가 사냥하는 장면을 잘 그리고 있다. 아득한 하늘 저쪽 산에서 이쪽
산으로 날아다니며 이 산과 저 산에 있는 짐승이나 새를 잡아온다. 정말
매는 사냥을 하는 모습이 장하다고까지 했다. 마치 삼국지에 나오는 관우

가 적군을 사로잡듯 오관을 드나들듯 하고 있으니 매는 김삿갓의 시의 소
재가 될 만하다.

| 도움말 |

• 지척咫尺 : 매우 가까운 거리. 끝구절의 첫 글자 '也'는 발어사이다. • 俄 : 갑
자기 아.

▲ 관우(關羽)

159

鷄
게

搏翼天時回斗牛하니　養塒物性異沙鷗라.
박 익 천 시 회 두 우　　양 시 물 성 이 사 구

爾鳴秋夜何山月고　玉帳寒營淚楚猴라.
이 명 추 야 하 산 월　　옥 장 한 영 누 초 후

닭

날개로 쳐서 울면 북두성 견우성이 돌아 천시를 알리니

닭장 안에서 자란 너의 성품이 갈매기와 다르구나.

가을밤 어느 산의 달을 보고 너는 울었기에

옥장한영에 있는 초패왕을 눈물짓게 하였는고?

| 감상 |

닭이 날개로 홰를 쳐서 천시天時를 알린다는 것은 닭이 시간을 알린다는 말이다. 달이 우는 시간에는 북두성과 견우성이 기울고 있는 시간이니 용하게도 닭은 이런 때를 기억하여 울어서 인간에게 때를 알린다. 이 닭아,

너는 가을밤 어느 산의 달을 보고 울었기에 옥장玉帳을 친 차가운 진영에서 초나라 항우로 하여금 눈물짓게 하였느냐? 하고 그 안타까움을 표현하고 있다.

| 도움말 |

여기에 초후楚猴는 초후楚侯를 말하는 것으로 항우項羽의 진영, 곧 초한전의 고사를 인용한 것이다. • 塒(홰 시)：닭장 안에 걸쳐둔 막대기. 養塒(양시)는 닭장 안에서 기르다.

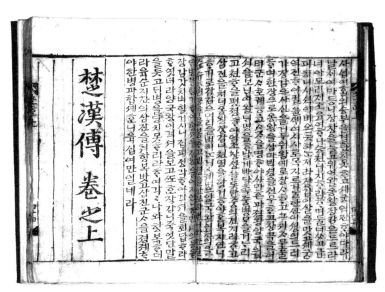

▲ 초한전(楚漢傳)
국립중앙박물관 소장

160

魚
어

遊泳得觀底好時에 　錦潭斜日綠楊垂라.
유 영 득 관 저 호 시 　금 담 사 일 녹 양 수

銀鱗如舞鶯相和요 　玉躍旋潛鷺獨知라.
은 번 여 무 앵 상 화 　옥 약 선 잠 노 독 지

影醮橫雲嫌罟陷하고 　光沈初月似釣疑라.
영 초 횡 운 혐 고 함 　광 침 초 월 사 조 의

歸來森列雙眸下하고 　畫出心頭一幅奇라.
귀 래 삼 렬 쌍 모 하 　화 출 심 두 일 폭 기

물고기

연못 속에 노는 물고기 환히 보일 때에

해 지는 맑은 연못에 수양버들 드리웠네.

은빛 비늘 춤추듯 하면 꾀꼬리 화답하고

옥빛 뛰었다가 물속으로 잠기는 것 백로만이 알겠네.

구름 그림자 물 위에 어리면 그물인 양 겁을 내고

초승달 물속에 잠기면 낚시인가 의심하네.

돌아와 두 눈 감아도 고기 모습 연연해서

마음속에 아름다운 그림 한 폭 떠오르네.

| 감상 |

계절은 봄이다. 맑은 물속에 놀고 있는 고기를 들여다보고 있을 때, 수양버들 늘어진 가지가 물 위에 드리워있었다. 물속에는 물고기 놀고, 밖에는 수양버들 늘어져있고, 꾀꼬리 춤이 화답을 하는 아름다운 계절을 작품화한 시이다. 제목은 '고기' 지만 이 고기를 통하여 아름다운 계절과 자연을 노래하고 있다. 그래서 시인은 눈을 감아도 머릿속에는 그림 한 폭을 떠올리고 있는 것이다.

| 도움말 |

이 '물고기〔魚〕' 라는 시를 읽어보면 '鳶飛於天 魚躍于淵' 이 떠오른다.

161

仙人畫像
선 인 화 상

龍眠活手妙傳神하니　玉斧銀刀別樣人이라.
용 면 활 수 묘 전 신　　옥 부 은 도 별 양 인

萬里浮雲長憩處요　九天明月遠懷辰이라.
만 리 부 운 장 게 처　　구 천 명 월 원 회 진

庶幾玄圃乘鸞跡하며　太半靑城幻鶴身이라.
서 기 현 포 승 란 적　　태 반 청 성 환 학 신

我欲相隨延佇立이나　訝君巾履淡非眞이라.
아 욕 상 수 연 저 립　　아 군 건 리 담 비 진

신선의 그림을 보고

‘용면’ 의 조각 솜씨로 신선 모습 전해지니

옥도끼로 쪼고 은칼로 깎은 신선 그림 묘하구나.

만 리의 뜬구름 속은 오래 신선이 쉬는 곳이요

구천의 밝은 달은 그가 멀리 동경하는 별이로다.

몇 번이나 ‘현포’ 에서 난새 탄 것 같은 자취 일러니,

반공중 '청성'에서 환상의 학을 타고 갔던가?

나도 그대 따르고자 기다리고 서 있었으나

옷자락 신발 끄는 소리만 들릴 뿐 만날 수는 없었네.

| 감상 |

　신선의 그림을 보고 신선을 생각하는 김삿갓의 시다. 옛 현인이나 선인들은 신선과 학과 구름과 이런 것들을 신선을 찾는 대상으로 여겨왔다. 김삿갓도 마찬가지다. 신선의 그림을 보고 신선을 찾는 옛사람들의 정서가 깃든 작품이다. 결국 신선은 하나의 환상뿐이요 실제로는 만날 수가 없었다는 것이다.

| 도움말 |

・용면龍眠 : 유명한 조각가. ・현포玄圃 : 청성靑城이라고도 하며, 모두 선경仙境을 이름. 승란乘鸞, 환학幻鶴, 이 모두 선경으로 갈 때 타는 새이다.

162

贈,老妓
증 노 기

萬木春陽獨抱陰하니　　聊將殘愁意猶深이라.
만 목 춘 양 독 포 음　　　료 장 잔 수 의 유 심

白雲古寺枯禪夢하고　　明月孤舟病客心이라.
백 운 고 사 고 선 몽　　　명 월 고 주 병 객 심

嘲亦魂衰多見罵하고　　唱還嗚哳少知音이라.
조 역 혼 쇠 다 견 매　　　창 환 조 찰 소 지 음

文章到此猶如此어늘　　擊節靑樓慷慨吟이라.
문 장 도 차 유 여 차　　　격 절 청 루 강 개 음

늙은 기생에게 주다

온갖 나무에 봄볕이 와도 홀로 그늘 가득하니

오로지 늙은 수심으로 생각은 깊어만 가누나.

흰 구름 깊은 곳, 낡은 절 선사의 꿈 메말라가듯

고독한 배 위의 밝은 달이 병든 나그네 마음 같구나.

눈길을 보내봐도 혼까지 쇠잔하여 늘 외면만 하고

지저귀는 새처럼 노래 불러도 알아주는 이 적어라.

이 문장 이까지 이렀는데도 오히려 이와 같거늘

성두에 낳아 박자 싶으며 설움 북받쳐서 노래 부른다.

| 감상 |

늙은 기생의 설움을 표현하고 있다. 아무리 봄볕이 아름다워도 그에게는 이미 봄도 지나가고 청춘은 멀리 떠나갔었다. 마치 고사古寺의 늙은 스님 같고 달 아래 배를 타고 가는 외로운 나그네의 설움 같다. 누가 눈길을 보내봐도 반응은 거의 없고 지저귀는 새처럼 노래 불러도 이미 옛날 그때의 노래가 아니었다. 나의 글솜씨가 여기 이와 같거늘 그녀는 청루에 홀로 앉아 노래는 불러도 모두 설움뿐이었다.

| 도움말 |

• 강개慷慨 : 슬픔. 소지음少知吟은 원래 '친구가 없다는 뜻'인데, 여기서는 '알아주는 사람'이 적다는 뜻임. 최치원의 시에서 '世路少知音'이란 구절이 있음.

163
眼昏
안 혼

向日貫針絲變索하고　挑燈對案魯無魚라.
향 일 관 침 사 변 색　　도 등 대 안 노 무 어

春前白樹花無數하고　霽後靑天雨有餘라.
춘 전 백 수 화 무 수　　제 후 청 천 우 유 여

揖路少年云誰某하고　探衣老虱動知渠라.
읍 로 소 년 운 수 모　　탐 의 노 슬 동 지 거

可憐南浦垂竿處에　　不見風波浪費餌라.
가 련 남 포 수 간 처　　불 견 풍 파 낭 비 이

눈이 어두워

볕을 향해 실을 꿰어도 바늘귀를 모르겠고

불 앞에서 책을 봐도 노魯와 어魚를 구분 못하네.

봄도 아닌 마른나무에 꽃이 핀 듯 보이고

갠 날도 하늘에서 비가 오는 것 같구나.

길에서 인사하는 소년이 누구인지 모르겠고

옷을 뒤져 이를 잡아도 움직여야 이를 아네.

가련하다! 저 남포에서 낚싯대를 드리워도

물설에 찌를 못보고 노상 미끼만 빼앗긴다네.

| 감상 |

위의 시는 김삿갓이 50대 초반에 지은 시로 알려져 있다. 눈이 어두워져 서러운 처지를 실감 나게 표현하고 있는 작품이다. 사람이란 나이 들면 모두 눈이 어두워가는 현상은 어쩔 수가 없다. 밝은 곳을 향해 바늘을 꿰어도 바늘귀를 못 맞춘다든가, 책을 보는데도 '魚'와 '魯'를 구분 못하는 경향이 바로 눈의 노쇠현상이다. 눈에 관한 이야기는 너무도 많다. 이웃 사람을 구분 못하는 일로부터 낚시할 때 찌를 못 보고 놓치는 일은 허다한 일이다.

| 도움말 |

• 餌 : 낚시 미끼 이.

164
過,長湍
과　장단

對酒欲歌無故人하여　一聲黃鳥獨傷神이라.
대 주 욕 가 무 고 인　　　일 성 황 조 독 상 신

過江柳絮晴獨電하고　入峽梅花香如春이라.
과 강 유 서 청 독 전　　　입 협 매 화 향 여 춘

地接關河來往路요　日添車馬迎送塵이라.
지 접 관 하 래 왕 로　　　일 첨 거 마 영 송 진

臨津關外萋萋草여　管得覇愁百種新이라.
임 진 관 외 처 처 초　　　관 득 패 수 백 종 신

장단을 지나며

술을 대하여 노래를 하고자 하나 친구가 없어

꾀꼬리 소리만 외로운 내 마음 더욱 구슬프구나.

지나는 강가의 버들가지만 갠 하늘에 번쩍이는데

산골짜기 들어가니 매화 향이 봄날 같구나.

이곳은 관문으로 오고가는 길목인데

날마다 거마車馬가 먼지를 일으키며 오고 가누나.
임진강 건너편에 무성하고 푸르른 풀밭이여!
가뜩이나 이 나그네 수심 더욱 새롭게 하는구나.

| 감상 |

　임진강 건너 무성한 풀밭이여! 가뜩이나 많은 나그네 수심 더욱 어지럽게 하는구나. 황진이 무덤이 이곳에 있지만 아는 사람은 아무도 없었다. 백 년이 지난 지금 일반 백성들과는 거리가 먼 인물이기 때문일 것이다. 그 모든 풍경들이 마치 황진이 환상처럼 보여 자신도 모르는 사이에 이와 같은 시를 읊게 되었다.

| 도움말 |

　장단長湍은 경기도 장단군, 군청 소재지. 개성 동남 16km에 위치하는 경의선의 요역임.

▲ 장단역지(長湍驛址)

165

落葉吟
낙 엽 음

蕭蕭瑟瑟又齋齋하여
소 소 슬 슬 우 재 재

埋谷埋山或沒溪라.
매 곡 매 산 혹 몰 계

如鳥以飛還上下하고
여 조 이 비 환 상 하

隨風之自各東西라.
수 풍 지 자 각 동 서

綠其本色黃猶病이요
녹 기 본 색 황 유 병

霜是仇緣雨更凄라.
상 시 구 연 우 갱 처

杜宇爾何情薄物인고?
두 우 이 하 정 박 물

一生何爲落花啼요?
일 생 하 위 락 화 제

낙엽을 노래함

낙엽은 쓸쓸하게 우수수 휘날려서

산과 골짜기를 메우며 물에도 떨어지네.

새가 나는 듯 올랐다 내려앉으며 춤을 추고

바람 따라 자유로이 사방으로 흩어지네.

푸른 것이 나뭇잎의 본색이요 누런 것은 병든 증거니

서리가 원수인데, 차가운 가을비 더더욱 처량하다.

두견새야, 너는 어째 그다지도 정에 박한가?

일생에 어찌 봄에 지는 꽃만 보고 울어주느냐.

| 감상 |

가을이 되니 나무마다 단풍이 들고 바람이 불 때마다 낙엽이 진다. 가지에서 떨어져 나가 산마다 골짜기마다 흩날리는 낙엽을 보니 무상한 인생을 연상하는가 보다. 지는 꽃을 보고 안타까이 울어주는 두견새는 있어도 낙엽을 보고 울어주는 새는 없다. 김삿갓도 그가 가면 누가 울어줄까 생각하며 하염없이 떨어지는 낙엽을 보고 자신의 인생을 읊은 시다.

| 도움말 |

• 소소蕭蕭, 슬슬瑟瑟, 제제齋齋 : 이 모두가 낙엽이 떨어지는 모습. • 환상하還上下 : 아래위로 돌아다님. • 두우杜宇 : 두견새를 말함.

166

盡日, 垂頭客
진 일 수 두 객

唐鞋崇襪數斤綿하고 　 踏盡淸霜赴暮煙이라.
당 혜 숭 말 수 근 면 　 　 답 진 청 상 부 모 연

淺綠周衣長曳地하고 　 眞紅唐扇半遮天이라.
천 록 주 의 장 예 지 　 　 진 홍 당 선 반 차 천

詩讀一卷能言律하고 　 財盡千金尙用錢이라.
시 독 일 권 능 언 률 　 　 재 진 천 금 상 용 전

朱門盡日垂頭客이 　 　 若對鄕人意氣全이라.
주 문 진 일 수 두 객 　 　 약 대 향 인 의 기 전

하루 내내 아첨하는 사람

당혜 가죽신에다 버선에는 솜 몇 근 채워 넣고
아침에 이슬 밟고 나가면 저물어야 돌아오네.
엷은 초록 두루마기 땅에 끌리도록 길게 입고
진홍빛 부채 반쯤만 펴서 하늘을 가리는구나.
시집 한 권 겨우 읽은 꼴에 시다 율이다 떠들면서

천금 재물 탕진하고 오히려 돈을 더 쓰겠다고…
권문세가 문 앞에서 온종일 머리 박고 아첨하면서
고향 사람 만나보면 제가 양반입네 기세등등하구나.

| 감상 |

'수두객'이란 말이 참 재미있다. 옛날이나 지금이나 권세에 아부하는 사람은 있게 마련이다. 김삿갓이 이런 아부하는 사람을 시제로 선택하여 당시의 시대 풍조를 고발하고 있다. 요즘도 권세에 아부하는 사람을 '손금'이라고 한다. 두 손을 얼마나 비볐는지 '손금'이 없어질 정도라고 한다. 이런 사람은 약자에게는 강하여 으스대며 다니는 것이 옛날이나 지금에 다 있는 일이다. 권력에는 약하고, 약자에게는 강한 사람이 바로 이 시적 주인공이다.

| 도움말 |

• 당혜唐鞋 : 옛날 가죽신으로 아름답게 수를 놓아 신던 신. • 숭말崇襪 : 중국식 버선의 일종. • 주문朱門 : 세력 있는 집안이나 대궐 같은 큰 집을 말함. 여기서 '객'은 손님이 아니고 '사람'이란 뜻이다.

▲ 당혜(唐鞋)

167

遊山吟
유 산 음

一笠茅亭傍小松하니　衣冠相對完前容이라.
일 립 모 정 방 소 송　　의 관 상 대 완 전 용

橫籬蟬蛻凉風動하고　藥圃虫聲夕露濃이라.
횡 리 선 태 양 풍 동　　약 포 충 성 석 로 농

秋雨纔晴添晩暑하며　暮雲爭出幻奇峰이라.
추 우 재 청 첨 만 서　　모 운 쟁 출 환 기 봉

悠悠萬事休提說하라　未老須謀選日逢이라.
유 유 만 사 휴 제 설　　미 로 수 모 선 일 봉

산에서 놀며

외롭게 삿갓 쓰고 초가 정자 소나무 밑에 쉬니

의관 쓰고 서로 대하니 그전의 얼굴이 완연하네.

울타리에 매달린 매미 껍질 가을바람에 흔들리고

약초밭에 벌레 소리 저녁 이슬에 젖어든다.

가을비 겨우 개이니 늦더위 더욱 기승부리고

뭉게뭉게 저녁 구름 일어 기묘한 봉우리 환상적이다.

세상만사 유유한데 작은 일일랑 말하지 말게나,

아직 우리 늙지 않았으니 만날 날을 꼭 기약함세.

| 감상 |

김삿갓이 산에 올라 놀면서 한 수의 시를 읊었다. 이것이 '유산음遊山吟'이다. 내용으로 보아 아주 여유만만한 정서를 표출하고 있다. 계절로 보아 가을이요, 모두 낯익은 얼굴인 것 같다. 그래서 이렇게 즐기는 것도 우리 아직 늙지 않았으니 앞으로 자주 즐기자는 여유 있는 약속까지 하고 있다. 김삿갓이 여기에 잠시 정착한 느낌이 든다.

| 도움말 |

• 선태蟬蛻 : 매미의 허물. 여기에 나오는 소나무가 예부터 그 마을에 '김삿갓 소나무' 라고 했다고 한다. 마을의 안녕과 태평성대를 기원하며 동제洞祭를 지내고 있는 나무라고 한다.

▲ 김삿갓 소나무(경상북도 안동시 북후면 신전리에 위치)

168

惰婦 ❷
타 부

事積如山意自寬하여　閨中日月過無關이라.
사 적 여 산 의 자 관　　규 중 일 월 과 무 관

曉困常云冬夜短하고　衣薄還道夏風寒이라.
효 곤 상 운 동 야 단　　의 박 환 도 하 풍 한

織將至暮難盈尺하고　食每過朝始洗盤이라.
직 장 지 모 난 영 척　　식 매 과 조 시 세 반

時時逢被家君怒하면　謾打啼兒語萬端이라.
시 시 봉 피 가 군 노　　만 타 제 아 어 만 단

게으른 아내 ❷

할 일이 태산 같아도 마음은 스스로 태평하고

안방에서 부질없이 세월만 보내는구나.

새벽잠이 곤할 때는 항상 겨울밤이 짧다 하고

옷이 엷어지면 여름밤도 춥다고만 하는구나.

베를 짜는데 하루해 다 가도록 한 자도 못되고

아침밥은 한나절이 지나서야 겨우 상을 차리는구나.

때때로 남편이 성이 나서 큰소리를 지르면

부질없이 아이를 때리면서 온갖 푸념 늘어놓네.

| 감상 |

　게으른 아내의 대표적인 행위와 행동을 표현하고 있다. 일이 아무리 많
아도 서둘러 할 줄 모르고 방 안에서 하릴없이 어정거리는 여인이 게으른
여자다. 잠 많이 자고 놀 것 다 놀고서는 하는 일은 거의 없는 것이 게으른
여자의 특성이다. 아침밥은 늦게 먹고 저녁밥은 밤중이 되어서야 먹으니
이 여인의 게으름을 알만도 하다. 남편이 화가 나서 나무라면 도리어 큰소
리치며 우는 아이를 잡는 것이 이 여자의 특성이다.

| 도움말 |

　• 만타謾打 : 마구 두들기다.　• 어만단語萬端 : 온갖 소리를 늘어놓다.

169

戲贈妻妾
희 증 처 첩

不熱不寒二月天에 一妻一妾最堪憐이라.
불 열 불 한 이 월 천   일 처 일 첩 최 감 련

鴛鴦枕上三頭並이요 翡翠衾中六臂連이라.
원 앙 침 상 삼 두 병   비 취 금 중 육 비 연

開口笑時渾似品하고 翩身臥處變成川이라.
개 구 소 시 혼 사 품   편 신 와 처 변 성 천

東邊未了西邊事하고 更向東邊打玉拳이라.
동 변 미 료 서 변 사   갱 향 동 변 타 옥 권

처와 첩에게 희롱하여 주다

덥지도 않고 춥지도 않는 2월 하늘 아래
한 아내와 한 첩이 너무 가련하구나.
원앙침상에 누우면 머리는 셋이 나란하고
비취 이불 덮으면 팔 여섯이 나란하구나.
입을 열어 웃으면 보기 좋게도 '品' 자가 되고

몸을 뒤져 누우면 '川' 자를 만드는구나!
동쪽 일이 끝나기도 전에 서쪽으로 누워 일해야 하고
다시 동쪽으로 누우면 서쪽에서 주먹이 날아오네.

| 감상 |

한 집안에서 본처와 첩을 거느린 자를 희롱하는 시다. 사나이가 처와 아
내를 한 방에 나란히 눕히고 잠을 잘 때를 연상해서 쓴 시이니, 셋이 누우
면 머리 셋이 나란하고 이불을 덮으면 팔 여섯 개가 이불 위에 나란하다는
것이 해학적이다. 거기에다가 셋이 웃으면 입 셋이 〔品자〕가 되고, 몸을 눕
혀 다리를 뻗으면 〔川자〕를 이룬다는 표현은 참 해학적이다. 동서에 여자
를 눕히고 남자가 가운데 누워서 동쪽에 일이 끝나기도 전에 서쪽으로 일
을 해야 하고, 다시 동쪽으로 향하면 서쪽에서 주먹이 날아온다는 말은 상
상만 해도 웃음이 나온다.

| 도움말 |

〔品〕자와 〔川〕자의 표현은 재미있다. 옥권玉拳은 주먹을 미화한 말이다. 이 시
는 이항복이 지은 것이라고도 한다. 김일호의 '김립 시집'에 있기에 여기에 싣
는다.

170
伐木
벌 목

虎踞千年樹가　龍顚一夕空이라.
호 거 천 년 수　　용 전 일 석 공

杜楠前後無하고　桓斧古今同이라.
두 남 전 후 무　　환 부 고 금 동

影斷三更月이요　聲虛十里風이라.
영 단 삼 경 월　　성 허 십 리 풍

出門無所見하여　搔首望蒼穹이라.
출 문 무 소 견　　소 수 망 창 궁

나무를 쳐내다

호랑이가 꿇어앉은 듯한 천 년 고목이

용의 머리가 넘어지듯 하루 만에 잠시 비었네.

두보의 남수楠樹같은 나무는 전무후무하고

환공의 도끼는 옛날과 지금에도 같구나.

나무 없으니 그림자는 삼경의 달 같이 끊어지고

허허로운 소리는 십 리 밖의 바람과 같구나.
문밖에 나가면 보이는 바가 없어
머리를 긁으며 하늘만을 쳐다보았네.

| 감상 |

벌목은 나무를 쳐내는 일이다. 호랑이 같고 용머리 같은 나무가 잠시 동안 베어져 나가니 두보의 남수 같은 나무나 환공의 도끼는 옛날과 지금에도 똑같이 나무를 베어내는구나. 나무 베는 일을 옛날의 고사를 끌어들여 벌목을 표현하고 있다. 지금까지 무성하던 나무가 모두 베어져 나가니 문밖에 나가도 그전의 풍경을 볼 수가 없으니 머리만을 긁고 하늘을 쳐다볼 뿐이다.

| 도움말 |

환부桓斧는 환공의 도끼를 말함. 환공은 옛날 도끼질을 잘하는 사람이었다.

171
風月
풍 월

風失古行路하고　月得新照處라. – 김삿갓
풍 실 고 행 로　　월 득 신 조 처

風動樹枝動하고　月昇水波昇이라. – 주인
풍 동 수 지 동　　월 승 수 파 승

풍월놀이

바람은 이전 다니던 길을 잃었고

달은 새로 비칠 곳을 얻었네. – 김삿갓

바람이 움직이니 나뭇가지도 움직이고

달이 오르니 물결도 올라오네. – 주인

| 감상 |

　김삿갓이 어느 곳으로 지나다가 하룻밤을 자게 되었다. 주인이 '풍월

놀이'를 하자기에 김삿갓이 그 집 주인과 풍월 놀이를 했다. '풍월 놀이'

란 일정한 작시 행위가 아니라 느끼는 대로 글을 짓는 것을 말하고 있다. 김삿갓이 먼저 '풍'과 '월'을 노래하니, 주인이 그 '풍'과 '월'을 따라서 글을 짓는 형식으로 되어 있다. 이 시에서는 누운頭韻으로 '風'자와 '月'자를 사용했다.

| 도움말 |

옛날 서당에서 風月놀이를 많이 한다. 그것을 그대로 '風月'이라고 했다. 그것은 자연을 노래한다는 뜻이기도 하다.   •요즘의 3행시 놀이라고 할까.

172
破韻詩
파 운 시

頭字韻中本無春하니　呼韻先生似腎頭라.
두 자 운 중 본 무 춘　　　호 운 선 생 사 신 두

飢日常多飽日或하니　客到門前立節太이라.
기 일 상 다 포 일 혹　　　객 도 문 전 입 공 태

파운시

'머리 두자' 운에는 본래 '春' 자가 없는데

운자 부르는 선생은 완전 좆 대가리다.

굶는 날은 늘 많은데 배부른 날은 혹 있으니

나그네가 문 앞에 '콩' 하고 지팡이를 세웠네.

| 감상 |

　김삿갓이 어느 마을 문전에 도착했다. 그 집 주인이 시를 지어야 그를
재워 준다 하고 운자를 부르는데 '춘' 자를 부른 것이 아닌가? 그리고 다음
에 이어 '두' 자 운을 부르는데, 운에는 본래 '춘' 자 운과 '두' 자 운은 같은

운이 아니었다. 그래서 이런 운은 없다고 하면서 이 시를 시작했다. 운자를 '춘', '두', '혹', '태'의 운으로 이 시를 지었다. 여기에서 '太'를 사용하되 '쿵' 하고 지팡이를 세운다는 구절은 절묘한 의성어도 사용했다.

| 도움말 |

이 시는 春, 頭, 或, 太, 의 호운呼韻에 답하여 지은 시이다.

현대시의 감각으로 풀이한

김삿갓 시집
〔金笠詩選集〕

초판 1쇄 발행 2017년 2월 17일
초판 3쇄 발행 2024년 11월 22일

저   자 | 정민호
발행자 | 김동구
디자인 | 이명숙 · 양철민
발행처 | 명문당(1923. 10. 1 창립)
주   소 | 서울시 종로구 윤보선길 61(안국동)
          국민은행 006-01-0483-171
전   화 | 02)733-3039, 734-4798, 733-4748(영)
팩   스 | 02)734-9209
Homepage | www.myungmundang.net
E-mail | mmdbook1@hanmail.net
등   록 | 1977. 11. 19. 제1~148호

ISBN 979-11-88020-02-7 (03810)
15,000원